GISELDA LAPORTA NICOLELIS

o fantasma da torre

ilustrações
Avelino Guedes

DIÁLOGO

editora scipione

Edição
Samira Youssef Campedelli
Assistência editorial
Dulce S. Seabra
Preparação
Geraldo A. A. Fantin
Revisão
Roberto Belli, Fernanda Bottalho
e Thiago Barbalho
Coordenação de arte
Maria do Céu Pires Passuello
Diagramação
Fabio Cavalcante
Programação visual de capa e miolo
Rex Design

editora scipione

Avenida das Nações Unidas, 7221
CEP 05425-902 – São Paulo – SP

ATENDIMENTO AO CLIENTE
Tel.: 4003-3061

www.coletivoleitor.com.br
atendimento@aticascipione.com.br

2023

ISBN 978-85-262-8359-6 – AL

CL: 738012

CAE: 263227 - AL

3.ª EDIÇÃO
10.ª impressão

Impressão e acabamento
Forma Certa Gráfica Digital

MISTO
Papel produzido a partir de fontes responsáveis
FSC® C137933

Dados Internacionais de Catalogação na Publicação (CIP)
(Câmara Brasileira do Livro, SP, Brasil)

Nicolelis, Giselda Laporta

O fantasma da torre / Giselda Laporta Nicolelis.
– São Paulo: Scipione, 1998. (Série Diálogo)

1. Literatura infantojuvenil I. Título. II. Série.

97-5332 CDD-028.5

Índices para catálogo sistemático:
1. Literatura infantojuvenil 028.5
2. Literatura juvenil 028.5

Para Miguel Angelo Laporta Nicolelis,
de escritor para escritor, pela cumplicidade
na aventura de viver.

SUMÁRIO

1

A hóspede

O ano escolar começara movimentado para os Giusti. Os filhos mais velhos - gêmeos de dezessete anos - estudavam no mesmo colégio. Rodolfo queria ser médico. Alto e loiro, introspectivo, vivia lendo livros de Medicina, paixão herdada dos pais, ambos cardiologistas. Já Roberto inclinava-se mais para Arquitetura. Tipo físico diferente do irmão, moreno e falante, fora apelidado pela mãe de *Jatinho*, pois não parava quieto um só instante.

A filha mais nova, Raquel, de quinze anos, terminara o primeiro grau e fora fazer *high school* nos Estados Unidos, num programa de intercâmbio cultural, morando com uma família americana. Os Giusti, por sua vez, receberiam em casa uma garota norte-americana para fazer um curso afim no Brasil.

O dia de buscar Mary Anne no aeroporto de Cumbica foi de festa. Haviam recebido, dias antes, todas as especificações a respeito de sua chegada, inclusive uma foto para reconhecê-la. Era ruiva, sardenta, da mesma idade de Raquel.

Mary Anne cativou a todos da família desde o primeiro momento. Sorridente, e falando português – sua mãe era brasileira, casada com um americano –, contou que preferira, apesar de ter parentes no norte do país, vir para São Paulo conviver com outra família, uma experiência que certamente seria mais enriquecedora.

Rodolfo e Roberto falavam um inglês regular. A garota integrou-se perfeitamente à rotina da casa: esportiva, alegre e prestativa, conquistou a todos.

Estudava pela manhã, à noite aprendia violão com Renata, a mãe dos garotos, uma exímia violonista. Mary Anne trouxera vários CDs de músicas norte-americanas de sucesso, que os garotos não se cansavam de ouvir. Ela, por sua vez, era apaixonada por samba.

Às vezes saíam para jantar, ir ao cinema, teatro, algum *show* de música popular. E sempre achavam um tempo para jogar tênis ou nadar no clube. Os dias eram divertidos e passavam rápido.

– O que você está achando da cidade? – perguntou Ricardo, pai dos garotos.

– *Beautiful!* – Mary Anne abriu um sorriso cintilante em meio às sardas. – *Very beautiful!*

– Assim mesmo, com toda a violência, caos do trânsito, poluição? – caçoou Roberto.

– *Yes, I like it very much* – confirmou a garota, animada. Ela viera de uma pequena cidade de um condado americano, e a efervescência da grande metrópole a conquistara definitivamente. Ainda mais que a família Giusti morava num bairro onde residências modernas entremeavam-se com casarões antigos, os quais ela adorava.

Bem ao lado, por sinal, havia um casarão que o povo chamava de *castelo*, construído em estilo mouro e rodeado de amplos jardins. Tombado pelo Patrimônio Histórico, o castelo esperava há muito tempo a oportunidade de ser transformado em museu.

Uma noite, estavam os garotos em conversa animada frente a uma bacia de pipocas, quando ouviram um pio lúgubre.

– Que é isso? – perguntou Mary Anne, espantada.

– Uma coruja – disse Roberto. – A torre do castelo está cheia delas.

– Castelo? – a garota arregalou os olhos.

– É esse casarão vizinho, não sei se você reparou. Ele está fechado há muitos anos – explicou Rodolfo. – Dizem que na tal torre vive o fantasma do conde, seu primeiro dono.

– *Just a moment!* – Quando ficava entusiasmada, Mary Anne automaticamente esquecia o português e atacava de inglês. – Quer dizer que esse casarão foi mesmo o castelo de um conde?

– Autêntico – confirmou o Rodolfo. – Do tempo do Império. O Brasil teve dois imperadores: D. Pedro I e D. Pedro II.

– Ah, sim! Minha mãe sempre me conta alguns episódios da história do Brasil. Ela é vidrada em História.

– Então, como você deve saber, D. Pedro I abdicou em

1831 e D. Pedro II foi obrigado a abdicar quando se proclamou a república, em 1889.

– Ok! Mas digam-me uma coisa: vocês já visitaram esse castelo? – A garota parecia vivamente interessada.

– Nós, hein? – falou Roberto, ressabiado. – Quem garante que a história do fantasma não é verdadeira?

– Por isso mesmo! – Mary Anne deu um pulo do almofadão onde estivera sentada. – Já imaginaram que aventura seria entrar nesse castelo de noite e encontrar o fantasma do conde?

O sotaque da garota conferia um tom especial à pergunta. Mas os irmãos não se deixaram seduzir:

– De noite? Quem teria coragem? – perguntou Rodolfo. – Ainda mais com a eletricidade desligada...

– Tô fora – concordou Roberto, que apesar de falante e agitado era o mais medroso dos dois.

– Ora, levaríamos lanternas, seus bobos – riu a garota. – De noite é que teria graça, como nos filmes. Tenho uma sugestão.

"Lá vem encrenca", – pensou Roberto.

– Vamos entrar no castelo do conde. E vamos agora mesmo!

– Tenho prova amanhã – apressou-se a dizer Roberto.

– No início do ano, cara? – gozou Rodolfo.

A garota encarou firme o rapaz:

– Não me diga que você está com medo!

– É que a mãe não vai deixar de jeito nenhum – contemporizou Roberto. – Depois, é propriedade particular, a gente não pode ir invadindo assim sem mais nem menos, sacou?

– Sacou? – Mary Anne fez uma cara de que não entendera muito bem.

Mas Rodolfo parecia tentado pela ideia absurda:

– Tá legal que é propriedade particular, mas foi tombada pelo Patrimônio Histórico; logo vira museu. A gente só ia se adiantar um pouco no tempo...

– É isso aí – Mary Anne sorriu, agradecida. – Vamos pedir permissão pra Renata.

– Tá folgando com a minha cara? – Foi a vez de Rodolfo rir. – Você é muito "politicamente correta". Nunca que ela ia deixar...

– Sacou? – Completou Mary Anne, enquanto os dois caíam na risada. – Então vamos sem ordem mesmo!

– Sem brincadeiras, gatinha, a coisa agora é pra valer. Você tem mesmo coragem de entrar nesse castelo aí de noite? – perguntou Rodolfo. – Está todo trancado, como é que a gente ia entrar? Não está pensando em bancar a assaltante, está?

– Viu? – apressou-se a dizer Roberto. – Essa ideia é furada. Que tal a gente ouvir uns sambas, hein?

Mas Mary Anne não desistia tão facilmente:

– *Take it easy!* – Ela pensou um pouco e, de repente, teve um *insight* e deu um tapa na testa: – Minha avó paterna é de origem escocesa. Ela sempre diz que na Escócia há muitos castelos. E as crianças brincavam dentro deles, escorregando pela entrada de carvão ou lenha.

– Entrada de carvão? – Roberto começou a suar frio por antecipação. A garota era infernal. Quando punha uma ideia na cabeça, sai de perto...

– Nessas casas antigas, castelos ou não, cozinhava-se com carvão ou com lenha – continuou Mary Anne, empolgada.

– E na cozinha sempre havia uma entrada por onde despejavam o combustível. Se nesse castelo aí também tiver... A gente dá um jeitinho e passa por ela.

– Uau! Ela até já aprendeu o "jeitinho" brasileiro – riu Roberto, disfarçando o medo. – Esqueceu, *my darling*, que o casarão está fechado *since a long time?* Deve ter rato, barata... até morcego!

– Com tanta coruja na torre, acho que não tem muito rato não – falou Rodolfo. – Quanto aos morcegos, só são perigosos se forem hidrófobos, e isso por aqui é difícil...

– Bela ajuda você está me dando! – reclamou o irmão.

– Não exagere, Roberto – disse Mary Anne. – Eu cuido de você, se isso ajuda. Faço judô e já sou faixa marrom. Se aparecer algum fantasma, dou-lhe um golpe que ele voa longe!

– Beleza! Só faltava mesmo uma feminista americana no meu pedaço.

2

O castelo

Deram sorte. Os pais haviam saído e Mariana, a velha bá, via TV no quarto. Mesmo sob os protestos de Roberto, foi só o tempo de pegarem lanternas e dirigiram-se para o castelo.

O imenso portão de entrada – de barras de ferro pontiagudas e enferrujadas pelo tempo – estava apenas encostado. Abriram-no lentamente, mas mesmo assim ele rangeu nos gonzos, um som lúgubre.

Havia luar, o que ajudou bastante. Andaram pelo cascalho do jardim que, abandonado, fora coberto por ervas daninhas, conferindo-lhe aspecto selvagem.

Rodearam o castelo em busca de uma entrada. Como era de se esperar, estava todo trancado, mas com visíveis sinais de tentativas de arrombamento em portas e janelas. Era quase um milagre que não tivesse sido invadido.

Foram até os fundos do casarão, onde devia ser a cozinha. Mais adiante, construções em ruínas aparentavam ter sido cavalariças.

– Não vejo nenhuma entrada para lenha... – sussurrou Roberto.

– Vamos procurar melhor. Ela deve estar disfarçada na parede – disse Mary Anne, fremente de entusiasmo.

– Ou coberta pelas plantas que cresceram – completou Roberto, que torcia para que não encontrassem entrada nenhuma. Ele não fora obrigado a vir, mas sentia-se dividido; como se fosse necessário enfrentar o próprio medo.

Afastaram arbustos, caixotes, um gato saltou de repente de um monte de lixo. Estavam quase desistindo quando a garota gritou:

– Aqui!

Realmente, escondida pelas folhagens, uma portinhola se abria para o interior do castelo. Restava saber se os três passariam por ela.

– Pequena demais – disse Roberto. – Melhor desistir do que ficar entalado aí dentro, eu, hein?

– Acho que dá – replicou a garota. – Vamos tentar.

Seguraram a portinhola e Mary Anne, magra e esguia, passou sem maiores dificuldades. Escutaram quando ela saltou sobre o ladrilho da cozinha. Rodolfo foi o seguinte. Alto e magro, também não teve problema. Na vez de Roberto, contudo, assim que ele entrou na estreita passagem, a portinhola fechou-se atrás. O garoto, mais forte que o irmão, quase entrou em pânico. Ainda bem que Rodolfo já o puxava pelas pernas, enquanto Mary Anne acendia a lanterna.

– Garoto, você está pálido!

– Tira essa lanterna da minha cara! – esbravejou, superarrependido de ter ido.

A cozinha, para os padrões atuais, era enorme. Com as três lanternas iluminando foi possível ter uma ideia de conjunto. Num canto, um velhíssimo fogão construído de tijolos, que provavelmente o último proprietário do castelo preservara. Outro fogão, mais moderno, estava colocado a seu lado.

Um imenso armário tomava toda a parede. Além dele, apenas uma grande pia de mármore rachada e teias e teias de aranhas despencando do teto como estalactites. A porta da cozinha estava aberta.

Andando em fila, com Mary Anne à frente, passaram por um corredor que desembocava num enorme salão.

As lanternas iluminaram de súbito um cenário inédito. O chão, onde as passadas ressoavam, era todo de mármore. Não havia tapetes. Os lustres de cristal tinham cerca de um metro de diâmetro. Os janelões de vitrais coloridos, semelhantes aos de igrejas, estavam semicobertos por cortinas esfiapadas, mas que ainda sugeriam o passado suntuoso. Móveis escuros e pesados, esculturas, tocheiros dourados, espelhos em molduras lavradas...

Na parede, sobre a lareira, um grande quadro mostrava uma mulher ainda jovem, de cabelos negros, olhar distante e tristonho.

– Bam... bam... bam... – soou de repente, fazendo os três saltarem em uníssono.

– Que foi isso? – murmurou sem fôlego Roberto, dando um encontrão em Mary Anne que quase a derrubou.

– Um relógio – murmurou a garota. – Deve ter sido um rato que entrou no mecanismo...

– Será mesmo? – replicou ele ainda apavorado.

– Que tal achar esse relógio? – sugeriu Rodolfo, mais corajoso.

Procuraram cuidadosamente pelo salão, até que as lanternas iluminaram um grande carrilhão encostado à parede, na qual se via, acima, o contorno do que teria sido um quadro.

– Está faltando alguma coisa – raciocinou Rodolfo, vendo as marcas na parede, sobre o relógio.

– Não é só aí – completou a garota, apontando as outras paredes com as mesmas marcas. – Parece que retiraram todos os quadros, menos o da lareira.

– Deve ter sido o Patrimônio Histórico – falou Roberto. – Para avaliação ou catalogação.

– Ou a última família que viveu aqui – disse Rodolfo, espantado com a altura das paredes do salão. O pé-direito devia ter quase quatro metros de altura.

Mary Anne, fascinada pelo relógio, aproximou-se mais.

– "Porto, 1770" – leu no mostrador do carrilhão. – Vale uma fortuna, gente!

– É superlegal mesmo – concordou Roberto. – Só espero que ele não nos pregue mais sustos.

– Atchim! – espirrou Mary Anne.

– Saúde! – exclamou Rodolfo, e ela caiu na risada.

Era tudo tão diferente no Brasil... As pessoas tinham hábitos curiosos, beijavam-se e abraçavam-se na rua, sorriam para estranhos. Embora a mãe lhe contasse sobre isso, era realmente uma experiência fascinante ver as diferenças culturais entre os dois países. E ela estava adorando.

– Está resfriada? – perguntou Roberto.

– Que nada! É esse pó, mas não tem importância... – A garota deu mais alguns passos, olhando tudo à sua volta. – Parece que aqui pelo salão não há fantasmas – disse ela, desapontada. – Vamos ver lá em cima.

– Não chega aqui embaixo? Que insistência, pô!

A risada da garota, subindo as escadas, foi a única resposta. Sem outra opção a não ser ficar sozinho – pois o irmão já subia também –, Roberto correu atrás deles.

Entraram e saíram de vários quartos. Em todos eles, camas de madeira com dosséis apodrecidos, armários que tomavam toda a parede e os mesmos janelões de vitrais coloridos, cobertos por cortinas gastas. O chão era de tábuas largas de pinho-de-riga, segundo observou Roberto, que apreciava arquitetura colonial. No único banheiro, imenso, havia uma banheira de mármore com rachaduras. Dava para notar que a família que morara no casarão depois do conde preservara dentro do possível toda a decoração, modificada apenas quando se tornara necessário maior conforto.

Parecia cada vez mais evidente que, na ocasião do tombamento do imóvel, os herdeiros tinham levado objetos de uso particular, deixando apenas os de valor histórico, como lustres, móveis, incluindo os imensos armários de madeira maciça, as delicadas marquesas, as camas e as escrivaninhas presentes em todos os aposentos. A maioria trazia gravado o brasão da família Aragão: duas lanças cruzadas, encimadas pela coroa do conde, cujo timbre era um lince dourado.

– Estou estranhando uma coisa – comentou Mary Anne.

Roberto olhou ressabiado para os lados:

– O quê?

– Vocês me falaram da torre, não foi?

– E daí? – O garoto corria a luz da lanterna pelas paredes pintadas a óleo com figuras coloridas que dessa forma pareciam meio sinistras.

– Onde está a entrada da torre? Já percorremos todo o castelo e nem sinal dela.

– Você tem razão! – falou Rodolfo.– Como não pensamos nisso? Como é que a gente faz pra ir à torre?

– Isso está melhor do que eu esperava – a garota sorriu, deliciada. – Temos de achar essa entrada...

– Melhor a gente voltar amanhã. Isso pode levar um tempão e não podemos dar bandeira. Papai e mamãe ficarão preocupados se não acharem a gente em casa – sugeriu Roberto.

– Ok – concordou Mary Anne, meio desapontada. – Amanhã a gente volta sem falta. O fantasma do conde não vai fugir da torre. Garanto que ele está à nossa espera!

Roberto até engoliu em seco. Garota maluca, aquela.

Desceram a escadaria, que felizmente estava em boas condições, os degraus de madeira largos, escurecidos pelo tempo.

Um pouco mais complicado foi saírem do castelo. A entrada de carvão era em declive e a portinhola abria para dentro. Roberto, lembrando a desagradável experiência anterior, quis ser o primeiro a sair. Passou o tronco pela abertura, ajudado pelos companheiros. Respirou aliviado ao se ver do lado de fora. Rodolfo foi o seguinte. Mary Anne empurrou-o até que o irmão conseguisse agarrá-lo.

Na vez da garota, porém, a coisa se complicou. Ela não conseguia enfiar o corpo o suficiente para que pudessem puxá-la. Tentaram de todas as formas. Até que Roberto teve uma ideia. Correu até em casa e voltou logo mais com uma corda. Fizeram um laço e o atiraram para Mary Anne que o passou em volta do corpo. Só assim foi possível retirá-la de dentro do castelo.

– *Thank you, so much* – disse ela, agradecida.

Um pouco mais difícil foi encarar os pais quando chegaram em casa. Eles quiseram saber direitinho o que eles estavam fazendo àquela hora da noite pela rua, ainda mais todos empoeirados, com lanternas e corda. Era bandeira demais.

Não tiveram outra saída senão abrir o jogo. Renata e Ricardo não quiseram acreditar, acharam muito atrevimento, afinal eles tinham corrido o maior risco. Já imaginou se algum vizinho ouvisse alguma coisa, tivesse chamado a polícia? Aquilo era invasão, pura e simplesmente.

- Não esquenta não, Renata - disse Mary Anne, que já estava por dentro de algumas das gírias brasileiras. - A gente não mexeu em nada, só queria mesmo achar o tal fantasma.

- Pois estão proibidos de voltar lá - disse Ricardo, taxativo. - E se acontecesse alguma coisa com você, garota? Já pensou a minha responsabilidade? Não quero ouvir falar mais desse assunto.

3

Esquentando as turbinas

No dia seguinte, porém, quando voltaram da escola, o assunto era um só: o mistério da torre.

Roberto, depois de fazer suspense, contou a novidade. Tinha batido um papo com o professor de História, e ele lhe dera uma pista quente. De que as pessoas nobres, antigamente, eram enterradas em conventos ou cemitérios particulares. O conde provavelmente não fugira à regra. Devia estar num convento do bairro.

Mas quem saberia desse convento? Foi a vez de Rodolfo ter um *insight:* Mariana! Religiosa ao extremo, conhecia todas as igrejas próximas. Isso poderia incluir o tal convento.

Não deu outra: Mariana lembrou de um convento muito antigo, distante alguns quarteirões, localizado em meio a uma chácara.

– Valeu – Roberto deu um abraço na Mariana. Ela trabalhava ali desde que os garotos nasceram, era a segunda mãe para todos eles.

Sem perder tempo, os três foram até o convento e tocaram a campainha. Veio atendê-los um frade velhinho, de passos trôpegos, sorriso alegre num mar de rugas.

– Poderíamos falar com o superior? – pediu Roberto. – Somos estudantes fazendo uma pesquisa de História.

– Esperem um pouco, meus filhos. Vou ver se ele pode atendê-los.

Depois de minutos o frade voltou com uma grande chave, com a qual destrancou o velho portão. Convidados a entrar, passaram por jardins bem cuidados, cheios de pássaros e flores. Mais abaixo, avistaram hortas e árvores frutíferas. Alguns frades trabalhavam na terra. Era como se fosse um oásis em meio ao deserto urbano de concreto.

O superior, um frade de meia-idade, careca, usando óculos de lentes grossas, recebeu-os no escritório, sobriamente mobiliado.

– Muito prazer, sou frei Miguel – apresentou-se. – Em que posso ajudá-los?

Os garotos se apresentaram também, enquanto tinham a atenção despertada por alguns objetos sobre a mesa.

– Sabem o que é isso? – perguntou o superior, percebendo a curiosidade dos jovens visitantes.

– Não tenho a menor ideia – confessou Roberto.

– São peças de Arqueologia – explicou frei Miguel. – Sou arqueólogo amador. Na minha terra, a Itália, pesquisei muito, principalmente as ruínas de Pompeia e Herculano. Aqui no Brasil tenho realizado estudos com sambaquis.

– Que beleza! – Mary Anne adorava Arqueologia, pretendia mesmo se especializar nessa ciência.

– Juntou a fome com a vontade de comer – murmurou Rodolfo para si mesmo. E mais alto: – A gente precisa fazer uma pesquisa, e acho que o senhor pode nos ajudar muito.

– De que se trata? – O superior retirou os óculos, e seus olhos azuis brilharam de curiosidade.

– O senhor já deve ter ouvido falar do "castelo" do conde de Aragão, que foi tombado pelo Patrimônio Histórico?

– Sim, sim, fica aqui perto – o frade estava cada vez mais interessado.

– A gente mora vizinho dele – continuou Rodolfo, baixando a voz. – E ontem à noite...

– Entramos no castelo pela entrada de carvão – interrompeu Mary Anne, muito espevitada.

– Com a melhor intenção, claro, para descobrir se existe mesmo o fantasma do conde – completou Roberto.

– Então? – o superior debruçou-se sobre a mesa.

Os garotos se entreolharam. Aquele frade era meio diferente do que haviam imaginado. Nem se surpreendera com a invasão deles.

– Não encontramos fantasma algum – esclareceu Mary Anne, andando pela sala, coisa que fazia quando ficava agitada. – E, mais estranho ainda, não achamos a entrada da torre, que é perfeitamente visível do lado de fora, inclusive é ninho de corujas.

– Não acharam a entrada da torre? – Frei Miguel levantou-se.

– Não tivemos tempo, ia dar muita bandeira a gente ficar lá dentro... Mas, acontece que o professor de História me contou que os nobres costumavam ser enterrados em conventos... – insinuou Roberto.

– Já entendi. Vieram ao lugar certo. Acompanhem-me, por favor...

Interessados, viram quando o frei tirou da gaveta da escrivaninha um imenso molho de chaves que teriam, cada uma, quinze centímetros de comprimento. Lembrando a altura das paredes do castelo, tiveram a impressão de que no tempo antigo ninguém economizava em espaço ou tamanho.

Seguiram o frei por corredores estreitos, cheios de samambaias, cujo piso era de mosaicos portugueses. No pátio interno, uma fonte jorrava alegremente em meio às folhagens.

Depois do pátio, havia um pequeno cemitério, muito bem cuidado, com bancos espalhados sob árvores. Lá no fundo, uma velha capela.

O superior escolheu uma das chaves e abriu a porta. No altar, Nossa Senhora da Esperança, réplica da imagem trazida por Cabral quando da descoberta do Brasil. Alinhadas no chão da capela estavam várias urnas guarnecidas de argolas douradas.

– Aqui estão. Na realidade, antigamente os nobres nem

sempre eram enterrados, mas colocados em duas ou três urnas superpostas, uma dentro da outra, como se vivessem no antigo Egito. Não precisavam de túmulo, ficavam em uma sala ou capela de convento.

– Puxa vida! – Rodolfo rodeou as urnas, espantado. – Que enormes, devem pesar um bocado.

– Esta é da condessa – o superior apontou a urna à direita. – Morreu muito jovem, de parto, coisa comum na época.

– E as urnas menores? – perguntou Mary Anne.

– São os seus filhos, mortos em tenra idade. Apenas um, segundo os historiadores, sobreviveu.

– E que fim levou esse filho? Aqui aparentemente não está – perguntou Rodolfo.

– Não faço ideia... Mas podemos pesquisar a respeito no arquivo do convento.

– Puxa! Além de urnas o convento ainda tem arquivos sobre pessoas nobres? Grande!

– Só mais uma pergunta: esta urna é a do conde? – interrompeu a garota.

– Sim – confirmou o superior.

– Olhem que beleza! – Mary Anne chamou a atenção dos companheiros para o brasão da família Aragão gravado na madeira. – Igualzinho ao que encontramos no castelo.

– É um belo brasão – comentou frei Miguel. – Dos mais antigos de Portugal. Pena que a família tenha se extinguido, pelo menos no Brasil...

– "Dom Fernão José Maria de Vasconcelos, Conde de Aragão, morto em 1853" – leu Rodolfo em voz alta.

Deixaram a capela e foram visitar o arquivo do convento, do qual frei Miguel retirou velhos documentos relativos à família Aragão.

Após horas de pesquisa - em que os três jovens foram supervisionados por frei Miguel - as descobertas foram muitas.

O V conde de Aragão nascera em 1773 e construíra o castelo no início do século XIX. Seu filho mais velho - e único sobrevivente - era de espírito aventureiro. Internara-se à frente de uma expedição nas selvas brasileiras, em busca de tesouros...

No castelo, o conde esperava o retorno do filho amado, herdeiro de seu nome e de suas tradições. Infelizmente, com a vida nômade que levava, o VI conde de Aragão não se casara, não havendo descendente algum para continuar o brasão da família.

Com a morte do V conde - e a falta de herdeiros -, o castelo passara para a posse do Estado. Anos depois, no início do século XX, fora vendido em leilão para um rico negociante de café, que o habitara com a família por mais de meio século. As terras em volta do castelo, por sua vez, foram loteadas e vendidas a vários proprietários, incluindo os Giusti.

Após a morte do negociante, o castelo fora novamente colocado à venda para partilha entre os herdeiros. Aí entrou em ação o Patrimônio Histórico, que o tombou, visto ser um dos raros remanescentes do primeiro Império.

- Falou - Roberto estava cada vez mais entusiasmado com a tal história. - Já sabemos bastante por agora. Falta só encontrar a entrada da torre.

– Tenho um pedido a fazer – frei Miguel tinha os olhos brilhantes novamente. – Sei que pode parecer estranho... Mas posso ir junto com vocês?

– O senhor é magro – disse Mary Anne, muito prática. – Acho que passa pela entrada do carvão.

– É melhor explorarmos o castelo de dia, com a luz natural fica mais fácil.

Olharam para o frei, que dizia isso na maior tranquilidade. Tinham encontrado a pessoa certa para ajudá-los: um aventureiro nato.

4

À procura da torre

No dia seguinte, às quinze horas em ponto, lá estavam os garotos nas imediações do castelo, disfarçando o mais que podiam, enquanto esperavam por frei Miguel. Não demorou muito ele apareceu.

– Tenho uma surpresa para vocês – disse ele. Ato contínuo enfiou a mão no bolso e tirou um molho de chaves.

– Não diga que achou as chaves do castelo! – vibrou Mary Anne. Não fora nada agradável sair amarrada de lá como salsicha.

– Estas chaves estão no convento há anos. Nunca serviram em nenhuma fechadura. Quem sabe sejam réplicas das chaves do castelo?

– Parecem bem antigas – falou Roberto, olhando as chaves enormes e enferrujadas.

Frei Miguel, seguido pelos outros, dirigiu-se para a porta principal do castelo, ladeada por estátuas de lanceiros ostentando escudos com o brasão do lince dourado. Selecionou ao acaso uma das chaves e colocou-a na fechadura. Nada. A chave não girou.

– Tente as outras – pediu Rodolfo.

Mas nenhuma das chaves serviu.

– Vamos examinar as entradas laterais – frei Miguel não desistia facilmente.

Rodearam o castelo, experimentando as chaves em todas as portas. Inutilmente. Restava apenas a porta da cozinha. Uma das chaves enroscou um pouco na fechadura, mas, subitamente, com um estalido seco, girou.

– *How nice!* – Gritou Mary Anne.

Reuniram-se na cozinha do castelo ansiosos por ver tudo à luz do dia. Esta filtrava-se pelas janelas o suficiente para que enxergassem lá dentro.

O salão à luz natural era ainda mais soberbo. Os lustres, embora sujos de poeira e cheios de teias de aranha, sobressaíam, magníficos. Conforme haviam deduzido na noite anterior, os quadros tinham sido retirados das paredes, menos o da lareira, que possivelmente representava a condessa em plena juventude.

Frei Miguel deu corda no velho carrilhão e o som cadenciado do pêndulo encheu de vida o castelo – apesar da poeira que cobria, em camadas negras, todos os móveis.

Reviraram o salão em busca de uma passagem para a torre. Levantaram reposteiros, afastaram cortinas, apalparam móveis. O único resultado foi uma nuvem de pó que quase os sufocou.

– Decididamente, se essa passagem existe, não está aqui – disse Mary Anne, espirrando seguidas vezes. – Vamos olhar lá em cima, gente.

– Mas já estivemos lá – disse Roberto. – Não creio que vá adiantar muito.

– Não custa tentar mais uma vez – rebateu frei Miguel, dirigindo-se para as escadas.

Realmente, a parte superior do castelo era apenas a repetição do andar inferior. Pó, teias de aranha, buracos de rato nas paredes e um penetrante odor de coisas velhas e mofadas.

– Que cheiro miserável! – reclamou Rodolfo. – Incrível como não o sentimos anteontem à noite...

– Naquela escuridão só deu tempo de sentir um baita medo – comentou Roberto.

– Viram a quantidade de brasões espalhados pela casa? – interrompeu a garota. – Nas estátuas dos lanceiros, na porta de entrada, entalhados nos móveis, no relógio, nas maçanetas das portas e até aqui no banheiro. Tem brasão que não acaba mais...

– O lince é um animal singular. Os antigos acreditavam que ele tinha poderes especiais de enxergar através das paredes –

disse frei Miguel. – A família do conde é muito antiga, desde os primórdios de Portugal como nação. Talvez haja algum significado oculto em tudo isso...

– Mas da entrada da torre, que é bom, nem sinal – resmungou Rodolfo. – Até parece que simplesmente desapareceu.

Desanimados e empoeirados, Mary Anne espirrando sem parar, desceram as escadas e voltaram para a cozinha.

– Desistimos? – perguntou Roberto.

– Vamos dar uma olhada na cozinha – sugeriu Mary Anne.

– Bobagem. Não há nada aqui a não ser esse armário tamanho família – Roberto parecia desanimado. Para comprovar, abriu a porta do armário, que realmente estava vazio. – Não disse? Vamos embora!

– Mas só pode estar aqui – insistiu Mary Anne. – Reviramos a casa inteira. Olhe melhor.

– Santa teimosia! Quer que eu entre no armário? Ok!

– Olhe o degrau!

Não deu tempo. Roberto tropeçou no degrau estranhamente colocado dentro do armário e foi de encontro à parede do fundo com todo o peso do corpo. Num estalido seco a parede girou alguns centímetros, deixando à mostra uma passagem.

– A parede mexeu! – gritou o garoto, ainda de bruços no chão. – Venham ajudar!

Os outros precipitaram-se.

– Vamos, andem, me ajudem a empurrar esta parede! – Roberto parecia fora de si.

– Precisamos de uma alavanca! – lembrou Rodolfo, roxo de tanto fazer força.

– Vi umas madeiras lá fora, vou buscar – disse Mary Anne.

Num instante estava de volta, com uma tábua larga. Colocaram a tábua como alavanca na abertura da parede.

– Quando eu der o sinal, todos juntos, façam força – pediu frei Miguel. – Agora, vamos!

Pouco a pouco a parede foi cedendo. Os garotos, mais o superior, suavam em bicas.

– Agora eu sei o que sentem os estivadores dos portos, que coisa dura – gemeu Roberto.

Bam! A parede cedeu por inteiro e, impulsionados para a frente, rolaram uns sobre os outros num torvelinho.

Uma escada escura e sombria subia em caracol...

– Finalmente! – Mary Anne deu um suspiro de puro entusiasmo. – Que estamos esperando? *Let's go up, folks!*

– Será que a escada suporta o nosso peso? – Rodolfo estava ressabiado. – Isso aí deve estar tudo podre.

– Vou primeiro – ofereceu-se frei Miguel. – Se eu chegar em segurança, vocês me seguirão. Caso contrário, peçam ajuda.

Estava com sorte. Rangendo um pouco, a escada contudo aguentou o seu peso. Ele gritou lá do alto:

– Venham!

Uma poeira fina caía nos rostos dos garotos, que se apressaram a subir.

Quando todos se reuniram no patamar no alto da escada, frei Miguel apontou, silencioso, uma porta imensa, em cuja madeira também estava gravado o brasão do lince dourado.

– Não está trancada – disse ele. – Quem quer que fosse, tinha tanta certeza desta torre não ser descoberta que nem se preocupou de fazer a porta com fechadura.

– O que a gente está esperando para entrar? – Mary Anne fremia de ansiedade.

– Prontos? – O superior mexeu na maçaneta e a porta gemeu nos gonzos, um ruído arrastado.

Incrível hálito de coisas mortas colheu-os em cheio, enquanto um morcego escapava por sobre suas cabeças. Nuvens de pó vagavam pelo aposento.

– Calma, gente – interveio frei Miguel. – Eu vou primeiro.

Entrou devagar na torre, seguido pelos garotos, quase de respiração suspensa. O aposento circular era de tamanho médio. Teias de aranha desciam do teto para o chão. No fundo, apenas mesa e cadeira enegrecidas pelo tempo...

– Tem alguma coisa lá no chão! – murmurou Mary Anne, apontando para a cadeira.

– Não toquem em nada! – disse o superior.

Acorreram ao lugar apontado pela garota. Ao lado da cadeira, vestígios de panos outrora negros envolviam formas coroadas por cabelos grisalhos.

– Que é isto? – perguntou, abafado, Roberto, apontando para o achado.

– Alguém morreu aqui – sentenciou frei Miguel, chegando mais perto.

– *The count!* – gritou Mary Anne.

– Alto lá, garota, o conde está lá na capela do convento – lembrou Roberto.

– Tem certeza? Nós apenas vimos a urna. Quem garante que haja alguma coisa dentro?

– Vejam! – gritou por sua vez Rodolfo, que ladeara a mesa.

– O quê? – assustou-se Roberto.

– Uma mensagem em código. Alguém aí tem papel e lápis? Não podemos levar nada daqui.

– Tenho memória fotográfica – adiantou-se frei Miguel. – Deixem-me ler que memorizarei.

– Espantoso como ainda está legível – comentou Rodolfo, dando lugar ao superior, que leu em voz alta:

A quem vier. O pio da coruja será o sinal. No devido lugar, na lua cheia de maio, o olho do lince indicará...

A partir daí um borrão de tinta substituía as demais palavras, como se a pessoa que escrevera aquela charada tivesse sido acometida de um mal súbito.

– Provavelmente teve uma síncope – disse frei Miguel. – Mas o que estaria fazendo na torre?

– Deve ser o conde – reafirmou a garota. – Ele não vivia esperando a volta do filho? Da janela se enxerga a muita distância.

– Quem quer que seja, pode ter tido a síncope quando deixava uma pista – completou frei Miguel.

– Pista de quê? – interveio Rodolfo. – Há linces por todo o castelo. É o que não falta. E por que a entrada desta torre estava tão bem disfarçada?

– Para mim, este é o filho do conde – sugeriu Roberto. – Ele pode ter voltado após a morte do pai que, não esqueçam, está na capela do convento. E deixado esta mensagem em código.

– Resta outra hipótese – rebateu Rodolfo. – Este pode ser outro, além do conde ou do filho. Quem sabe um mordomo, conhecedor do segredo da família.

Frei Miguel levantou-se após ter examinado de perto a ossada. – Está aqui na torre há pelo menos um século.

– Espere um pouco – Roberto franziu a testa. – Só levantamos a hipótese de ser um homem. O que impede que seja uma mulher?

– Negativo – falou Mary Anne. – Você se esquece que a moda, antigamente, era bem diferente? Se fosse mulher, estaria usando armações, corpetes. Mesmo levando-se em conta a ação do tempo, ainda restariam as joias e os longos cabelos.

– Ela tem razão – confirmou frei Miguel. – Não me parecem roupas femininas. Embora somente um laudo médico da ossada seja definitivo.

– Mas para termos um laudo médico, precisaríamos avisar o Patrimônio Histórico e a polícia – alertou Rodolfo. – Então, além de a gente se complicar um bocado, adeus castelo. Não haveria a menor chance de decifrar a charada.

– Uma coisa não bate – disse Roberto, pensativo. – A família do negociante de café habitou por meio século este castelo. Será que jamais descobriu a entrada para a torre? Nem teve curiosidade, pô!

– Quem sabe tentaram e não conseguiram – replicou frei Miguel. – Se não fosse pelo seu tombo hoje, ela ainda ficaria incógnita por muito tempo.

– Só nos resta uma coisa: esperar a lua cheia de maio – concluiu Mary Anne.

5

Mais um na jogada

No fim da tarde reuniram-se no escritório de frei Miguel para discutir o assunto. Este era de opinião que, no ritmo em que as coisas iam, o melhor seria contar tudo aos pais dos garotos. Mary Anne também concordava, afinal estava bem lembrada da reação de Ricardo, quando os pegara em flagrante na primeira noite em que entraram no castelo. Depois não queria causar qualquer tipo de problema à família que a acolhera com tanto carinho.

Mas os dois garotos foram irredutíveis: nem pensar. Renata talvez desse cobertura, e não estava descartada a hipótese de que, no desenrolar dos acontecimentos, ela fosse posta a par de tudo. Mas o pai... eles sabiam bem o quanto ele era inflexível em certas coisas. Pra ele tudo aquilo não passava de uma invasão e fim. O frei estava viajando na maionese se pensava que o coroa possuía espírito aventureiro como ele.

– Viajando na maionese, dessa eu gostei – repetiu Mary Anne, que não se cansava de aprender. – O que me deixa aflita é que são quase três meses até maio. Bem podia ser uma lua cheia de março, pô!

– Aprende logo, hein, companheira? – brincou Roberto. – Só que a gente esqueceu uma coisa muito importante: e se a posição da lua mudou nesses anos todos? Daí, melou.

– É um risco que vamos ter de correr – ponderou frei Miguel. – Além disso temos muitas pesquisas a realizar.

– Mas partindo de onde? – Rodolfo coçou a orelha.

– É realmente estranho que essa entrada da torre tenha permanecido tanto tempo escondida – continuou o frei. – Principalmente levando-se em conta que a família do negociante de café morou no castelo por tantos anos...

– Vai ver que tentaram descobrir o caminho da torre – comentou a garota. – Impossível que ninguém tivesse essa curiosidade. Eu, pelo menos, se morasse lá, ia passar a vida tentando descobrir...

– ... ou quem sabe até descobriram e ficaram calados por medo – completou frei Miguel, pensativo.

– Se ao menos restasse algum descendente do conde – Rodolfo parou de coçar a orelha e deu um pinote no ar.

– Que é isso, garoto? – riu o frei. – Parece um potro no pasto.

Mas o garoto estava a mil:

– Vocês se lembram do que lemos no documento? Que o filho do conde havia organizado uma espécie de bandeira quando foi para o sertão?

– *Oh, my!* – Mary Anne estava justamente estudando o movimento bandeirante no curso de atualização sobre História do Brasil que estava fazendo. – Na época em que o filho do conde viajou, praticamente já estava encerrado o ciclo das bandeiras... o qual terminou em 1748 – esclareceu ela, provando ser boa aluna.

– Eu sei disso – insistiu Rodolfo. – Mas, atrasado ou não,

o filho do conde organizou uma expedição com amigos nobres e agregados. O grupo todo era de mais de duzentas pessoas.

– Uma minibandeira – completou Roberto.

– Legal. Mas não seria possível que, desses amigos, algum pelo menos houvesse voltado? E, logicamente, deixado descendentes?

– Possível é – concordou Roberto. – Mas onde encontraríamos tais pessoas? Aliás, mesmo os que porventura morreram no sertão também poderiam ter deixado filhos...

– Pela lista telefônica – bradou Mary Anne. – Nos documentos que pesquisamos aqui no arquivo do convento estão os nomes de todos os membros dessas famílias tradicionais de São Paulo. Garanto que há descendentes que conhecem histórias sobre a expedição de Aragão.

– Você se esquece que alguns dos descendentes podem ser mulheres que, tendo se casado, mudaram de nome? – rebateu Roberto. – Pelo menos cinco gerações já se passaram. Quem pode saber que nome teria agora uma tetraneta de um dos companheiros do conde de Aragão?

– A não ser que contratássemos um detetive particular – replicou a garota, não querendo perder aquela disputa. – Um Sherlock Holmes de muito bom faro.

– Um momento! – frei Miguel, que ouvira tudo calado, levantou a mão pedindo silêncio. – Acabei de ter uma ideia genial. Mas vou pô-la em votação democrática.

– Entrega logo, frei, que tô moído de curiosidade – reclamou Roberto.

O superior não se fez de rogado:

– Tenho um ex-colega que estudou comigo no seminário, ambos queríamos ser frades. Quando chegou a hora dos votos definitivos, vocês sabem, de pobreza, obediência e castidade, ele desistiu. Mas continuamos os melhores amigos do mundo...

– Daí, o que ele tem a ver com a gente? – Roberto estava inquieto.

– Tem e muito, se vocês concordarem, é claro – continuou o frei. – Acontece que agora ele é o redator-chefe de um grande jornal, sua vocação era outra. Olhe que essa história bem podia interessá-lo. Se alguém no mundo é capaz de descobrir qualquer coisa, meus filhos, esse alguém é um bom jornalista.

– Bingo! O senhor é um gênio! – Roberto deu um soco no ar, enquanto Mary Anne pedia:

– Telefone agora mesmo para o seu amigo, por favor...

Frei Miguel ligou para o jornal e ficou de prosa demorada com o amigo. Os garotos estavam elétricos. A coisa começava a esquentar pra valer.

O superior também parecia eufórico. Desligou o telefone e disse que o amigo esperava por eles na redação, na tarde do dia seguinte. Tão contentes ficaram os garotos que começaram a dançar pelo escritório. O frade velhinho, que era o porteiro do convento, até espiou pela fresta da porta, muito curioso. Aliás o superior era, como se podia dizer, não exatamente um frade convencional. Creditavam-lhe as excentricidades à sua mania de cientista.

No dia seguinte, na hora marcada, lá estavam os quatro na portaria do jornal, carteira de identidade nas mãos. Pegaram crachás e receberam ordem para subir. Regulamento interno do jornal, por questões de segurança.

Carlos era um homem de meia-idade, assim como frei Miguel. Alegre e bonachão, recebeu-os com muita cordialidade, principalmente por rever o grande amigo de juventude, com quem falava amiúde, mais por telefone.

Ouviu em silêncio a história toda. Às vezes franzia as grossas sobrancelhas, todo ele puro instinto de repórter. Parecia deliciado com tudo aquilo. No final da narrativa finalmente falou:

– Eu acho que vocês devem ir fundo nisso, apesar de que envolve alguns riscos. Como o meu amigo aí sabe muito bem, vocês na verdade estão invadindo... e, se deixarem a coisa vazar, podem esquecer. Meu conselho é que devem manter o maior sigilo, e usarem de muita discrição quando entrarem no castelo. De minha parte ninguém vai saber, porque um bom jornalista jamais revela suas fontes.

– Então podemos contar com a sua ajuda? – perguntou frei Miguel.

– Claro, que jornalista resistiria a essa história? Vão em frente, repito. Só quero o direito de publicação dessa matéria aqui no jornal com exclusividade.

– Ok – concordou Mary Anne, muito objetiva. – Mas o que pretende fazer mesmo para nos ajudar?

– Tive uma ideia – continuou Carlos. – Vou colocar um anúncio como chamarisco para encontrar um possível descendente dos companheiros do conde de Aragão. Algo que não chame muito a atenção, compreendem? Que não espante a pessoa de que necessitamos. Preciso apenas que me deem alguns dados. Depois deixem por minha conta e bico calado.

– "Bico calado"? – repetiu Mary Anne. – Essa eu não conheço.

– Gíria velha – disse Roberto. – Ele quis dizer pra gente não entregar, sacou?

– Não entregar, saquei – repetiu a garota meio atrapalhada. Afinal não tinha entrega nenhuma na história, ou tinha?

– Epa! anúncio custa dinheiro e estamos na pior – lembrou Rodolfo, o mais prático dos três.

– Não se preocupem, esse corre por minha conta – disse Carlos. – Se der resultado, o que o jornal vai vender pagará muitos anúncios como esse...

– *And what will we do?* – perguntou a garota para Rodolfo, aflita como sempre.

– Esperem – riu o jornalista. – E cruzando os dedos!

Voltaram para casa, tagarelando como loucos. Cada um tinha uma ideia mais delirante que o outro. Tudo isso deu-lhes uma fome danada, então convidaram frei Miguel para jantar numa cantina do bairro.

– Ué, vocês não estavam sem dinheiro? – estranhou a garota.

– A mãe deu um cartão de crédito extra pra gente só para emergência. Esta é uma emergência – explicou Roberto.

Traçaram deliciosos canelones e rondeles, e frei Miguel, como legítimo italiano, pediu uma garrafa de vinho tinto.

No dia seguinte, Roberto pulou da cama mais cedo que de costume para apanhar o jornal. Folheou-o ansioso. Em destaque, na quarta página do terceiro caderno achou o que procurava. Leu, afoito:

Grupo de estudantes do Ensino Médio – realizando importante pesquisa sobre a Expedição do conde de Aragão, organizada na Província de São Paulo nas primeiras décadas do século passado – procura urgente descendentes dos companheiros do conde de Aragão. Favor ligar no período da tarde para o número tal...

– Iupiii! – Roberto subiu as escadas aos saltos.

Só no patamar se deu conta de que os pais não podiam saber. Voltou para o seu quarto e acordou o irmão, que dormia a sono solto. Vestiram-se e foram bater no quarto de Mary Anne. Reuniram-se lá embaixo e decidiram sair mais cedo para passar no convento e dar uma palavrinha com frei Miguel. Nem café tomaram.

O frei, madrugador costumeiro, já trabalhava no escritório. Participou da alegria da garotada:

– Ótimo, agora é rezar para que exista realmente algum descendente. Não é coisa fácil, vocês sabem...

– Mas não é impossível – Mary Anne como sempre era a mais otimista.

De lá dirigiram-se para suas escolas, que não ficavam distantes. Como a garota perdera a carona de Renata, os irmãos a acompanharam. Depois precisariam achar uma desculpa por ter saído tão cedo e ainda por cima sem café.

As aulas daquele dia não renderam muito. Na cabeça dos garotos, uma só ideia pairava: descobrir o mistério do castelo do conde.

À tarde grudaram no telefone. Qualquer chamado era

motivo de frenesi. Mas nem nesse dia, nem nos seguintes houve qualquer telefonema em retorno ao anúncio. A angústia ainda era maior porque não podiam dar bandeira para os pais. A sorte é que eles ficavam a maior parte do tempo no consultório ou no hospital.

Só não conseguiam esconder a emoção da velha bá Mariana que, muito esperta, já pressentia novidade no pedaço. O que os seus meninos estariam aprontando mais a garota americana? Ali tinha coisa!

Carlos tornou a publicar mais duas vezes o anúncio no jornal. Os garotos, desanimados, estavam quase desistindo. Parecia que tudo ia dar em nada, estavam de volta ao início.

Certa tarde, o telefone tocou. A garota atendeu, meio distraída:

– Alô? Mary Anne falando...

– Meu nome é Laura de Sousa Albuquerque. Estou telefonando por causa do anúncio do jornal. Meu tetravô esteve presente na Expedição Aragão – despejou de uma só vez a voz do outro lado do fio.

– *My God!* – gritou a garota, dando um pulo do sofá. – Que bom você ligar. A gente pode se encontrar?

– Onde? – perguntou Laura.

Já os garotos faziam sinal para que ela marcasse o encontro às quatro horas do dia seguinte, pois na casa, além deles, só estaria Mariana. Eles sabiam que a bá não os entregaria.

– Acho que posso ajudá-los. Já tomei nota do endereço. Que pesquisa é essa que vocês estão fazendo? – Laura fora vencida pela curiosidade.

– A gente explica melhor pessoalmente. É meio complicado, sabe? Amanhã às quatro, eu espero você.

– Está bem, espero que seja coisa séria.

– Muito séria. Como era mesmo o nome do seu tetravô?

– Pedro Afonso Guimarães de Albuquerque, marquês de Alfomares – disse a garota em tom firme.

6

O mistério se amplia

No dia seguinte, aguardavam ansiosos a chegada de Laura quando Mariana avisou:

– Estamos sem luz, gente!

– A campainha! – lembrou Roberto. – Será que a luz demora pra voltar? Justo agora, pô!

– Estão consertando o poste da esquina – disse Mariana. – Disseram que a luz só volta às cinco horas.

– Melou. – Rodolfo ficou agitado. – Já imaginaram, depois de todo esse trabalho, a garota tocar e a gente não atender? Ia ser o maior fora, meu.

– Tá louco, meu irmão? – Roberto já se dirigia para a porta. – Vou ficar no terraço de prontidão.

– Espere por mim – gritou Mary Anne, seguindo o garoto.

– Por nós – corrigiu Rodolfo.

Mariana foi quem não gostou muito da história. No terraço estavam as suas amadas plantas que ela tratava como se fossem filhas. Até se arrepiou quando Rodolfo, percebendo sua preocupação, se ofereceu para dar uma regadinha nos vasos. Com aquele solarão? Só se fosse louca pra deixar.

Rodolfo abraçou a velha bá e aproveitou para pedir segredo sobre a visita que iriam receber. Que depois explicava tudo direitinho pra ela. Mas, por enquanto, nem uma palavra. Mariana concordou, o que ela não fazia para agradar aqueles garotos que ela carregara no colo desde bebês, praticamente criara, enquanto a dona Renata trabalhava...

Sentaram no terraço e Mary Anne até começou a roer as unhas, de tamanha ansiedade.

– *What time is it?*

Faltavam cinco minutos para as quatro horas.

Quando o cuco cantou lá dentro – numa pontualidade que fez jus ao nervosismo dos garotos –, um carro encostou de manso junto à calçada.

Os três correram ao mesmo tempo em direção ao portão. Do carro já descia uma jovem de vinte e poucos anos, olhos azuis e pele bronzeada.

– Laura? – Mary Anne adiantou-se.

– Sim. Foi com você que eu falei ao telefone? – Ela sorriu, reforçando a ideia de uma pessoa muito simpática.

– Mary Anne, prazer em conhecê-la. Estes são meus amigos gêmeos, Rodolfo e Roberto.

– Gêmeos? Mas vocês são completamente diferentes.

– Somos gêmeos fraternos, isto é, não idênticos. Eu sou Rodolfo – o garoto estendeu a mão.

– E eu, o Roberto – o outro fez a mesma coisa.

Entraram em casa e Laura, que notara o sotaque de Mary Anne, quis saber de que nacionalidade ela era. Quando soube que a garota viera dos Estados Unidos, ficou surpresa com seu domínio do idioma português. Mary Anne então contou que era filha e neta de brasileiros, e desde pequena passava as férias no Brasil. Só não conseguia perder o sotaque. O pai dela, que era americano, também falava um pouco de português. Melhor dizendo, estraçalhava.

Laura riu:

– E você nunca fala inglês aqui com os seus amigos? Olha que seria um treino incrível! Quem me dera ter uma americana hospedada na minha casa. Seria melhor que dez cursos de inglês...

– Quando Mary Anne fica nervosa ela só pensa em inglês – explicou Roberto.

– Daí a gente aproveita para aprender algumas expressões e diminuir (ou tirar) o nosso sotaque – arrematou Rodolfo.

Nesse instante, apareceu Mariana com uma bandeja de refrescos e bolo de chocolate. Foi ovacionada pelos garotos.

– Pra vocês irem comendo enquanto conversam.

Rodolfo piscou para Mariana, e ela entendeu muito bem que deveria deixar os garotos a sós com a visita.

– Vamos nessa – continuou Rodolfo. – A gente vai confiar em você, Laura, assim como você confiou em nós.

– Estou sentindo mistério no ar... tem alguma coisa a mais além dessa pesquisa, não tem?

– Bingo! Você é esperta – riu Mary Anne. – Conte logo, Rodolfo.

– Tá legal. Não sei se você reparou, mas do lado da nossa casa tem um casarão muito velho... chamado de castelo. Aí morou o conde de Aragão, cujo fantasma o povo jura que vive por lá. Então... como a nossa querida Mary Anne zoou a mais não poder, a gente entrou no tal castelo para tentar achar o tal fantasma...

– E acharam? – Laura parou com um bocado de bolo a caminho da boca.

– Coisa muito melhor – interrompeu Roberto. – No castelo tem uma torre que vive cheia de morcegos e corujas.

– Sim, da rua dá pra ver, eu até reparei nela.

– No começo, por mais que a gente procurasse, neca de torre. Foi então que, num golpe de sorte, eu tropecei por acaso num degrau dentro do armário da cozinha e...

– Ele caiu de supetão sobre a parede do fundo do armário e a parede rodou deixando à mostra uma escada. Subimos e lá estava a entrada da torre. Dou um doce se você descobrir o que havia dentro dela – despejou Mary Anne.

– Minha nossa, vocês estão me deixando toda arrepiada de curiosidade. – Laura até esquecera o refresco que começara a tomar.

– Lá dentro da torre havia mesa e cadeira e no chão, caído, alguém morto há pelo menos cem anos. Sobre a mesa, escrita a bico de pena, uma charada... – fazendo o maior suspense, Rodolfo apresentou um papel com os dizeres que frei Miguel memorizara.

Laura leu atentamente a mensagem:

A quem vier. O pio da coruja será o sinal. No devido lugar, na lua cheia de maio, o olho do lince indicará...

– Não faz sentido – disse ela, meio decepcionada.

– Pra nós também não. O castelo está cheio de brasões com linces dourados – disse Roberto. – Mas como vamos saber qual dos linces indicará alguma coisa? Parece quase impossível descobrir o que quer que seja, droga!

– E na minha família também não há nada que possa ajudar a desvendar esse mistério, eu garanto. Meu tetravô, o marquês de Alfomares, morreu jovem, porque voltou doente do sertão, só isso.

– Você descende dele pelo lado materno ou paterno? – quis saber Mary Anne, disfarçando o desapontamento.

– Materno. Mas as três primeiras gerações foram todas de filhos homens; por isso que ainda guardo o Albuquerque no nome.

– E será que não existe nem um misteriozinho na sua família? Nadinha mesmo? – insistiu Mary Anne.

– Nadinha de nadeca – riu Laura. – A não ser...

– A não ser? – perguntaram os três ao mesmo tempo.

– Tenho uma tia-avó, excêntrica à beça, que mora sozinha num casarão lá no bairro dos Campos Elíseos. Detesta visita, não tem nem telefone, e possui um arquivo completo da história da família, além de objetos do tempo do marquês e da marquesa. É a cachaça dela guardar essas coisas.

– Puxa vida! – Mary Anne sentiu o entusiasmo voltar. – Será que a solidão dessa velha senhora não esconde algum segredo familiar?

– Difícil. Ela é apenas uma pessoa estranha da qual os vizinhos espalham histórias absurdas. Que esconde um tesouro em ouro e coisas assim. Chega a ser até perigoso esse falatório... Mas quem é que tira a tia do casarão?

– Será que a gente podia pedir um favor bem grande, Laura? – começou Roberto, adivinhando o pensamento dos outros.

– Por que não? Se estiver ao meu alcance...

– Você leva a gente para conhecer essa sua tia-avó? Como é mesmo o nome dela?

– Carolina. Posso até levar, mas vou avisando, talvez ela nem os receba. Nós mesmos da família, não é sempre que ela gosta de ver.

– Correremos o risco – falou Rodolfo. – Vale a pena arriscar, não vale, pessoal?

– Claro! – concordaram em uníssono os outros dois.

– Se quiserem vamos agora mesmo. Nem vou avisar a tia, senão é tempo perdido. Melhor chegar de surpresa. Quem sabe ela recebe a gente.

– É pra já. – Roberto foi avisar Mariana de que iam dar uma saída e talvez demorassem.

Rodaram pela cidade no carro de Laura até chegarem ao bairro dos Campos Elíseos que, há cem anos, era moradia dos barões de café, quando a região fora loteada para fins exclusivamente residenciais. Poucos e vetustos casarões ainda resistiam à ação do tempo, muitos transformados em cortiços. A região agora era praticamente tomada pelo comércio de carros e afins.

A casa onde morava dona Carolina parecia abandonada. O jardim era uma ruína, e as paredes há anos não viam pintura.

– Segundo mamãe, foi uma bela casa – disse Laura. – Titia é estranha mesmo. Nem funcionária ela tem. Como já é idosa, é claro que também não tem condições de cuidar desse casarão... Mas não deixa ninguém chegar perto nem para ajudar...

– Puxa, ela mora sozinha? Corajosa, hein? – admirou-se Roberto.

– Estranho, o portão está aberto. – Laura entrou no jardim. – Vive sempre trancado a sete chaves.

Entraram procurando não fazer o menor barulho que pudesse alertar dona Carolina da presença deles, caso contrário, ela provavelmente nem abriria a porta. Preparavam-se para tocar a campainha quando notaram que a porta da frente estava apenas encostada.

– Muito estranho – Laura assustou-se. – Jamais encontrei esta porta aberta antes.

– Vamos entrar – decidiu-se Mary Anne, passando à frente dos demais.

O vestíbulo estava imerso na penumbra, isso porque a claridade do dia quase não era filtrada pelas janelas, cujos vidros, há muito sem serem lavados, estavam opacos. Empoeiradas teias de aranha pendiam das paredes.

Caminharam através do vestíbulo, com Mary Anne à frente, decidida a enfrentar a ira da velha senhora. Quando desembocaram na grande sala, foi tudo questão de segundos:

Mary Anne saltou sobre um homem, enquanto eles ouviam um grito de mulher, quase ao mesmo tempo que um gemido e o baque de algo pesado no chão.

– *Help!* – gritou a garota para os companheiros, enquanto torcia para trás, com toda a sua força e habilidade, o braço do desconhecido, que tentava, aos grunhidos, libertar-se do golpe da garota.

Roberto e Rodolfo correram em auxílio a Mary Anne.

– Tia Carolina! – gritou por sua vez Laura, acudindo a velha senhora. – O que foi que aconteceu?

– Essa menina caiu do céu! – gemeu a tia, de olhos esbugalhados para Mary Anne. – Esse homem estava me assaltando!

– Arrumem alguma coisa para amarrá-lo! – pediu Mary Anne, ainda mantendo o ladrão bem seguro, auxiliada pelos dois garotos. Não fosse ela a melhor aluna do próprio pai, um judoca faixa-preta.

Laura correu até a cozinha, de onde voltou com toalhas de mesa. Amarraram o homem como uma salsicha. Com o braço doendo muito, ele quase não ofereceu resistência. Aquela Kung Fu de saias bem poderia ter quebrado o seu braço direito.

Mary Anne providenciou um copo de água com açúcar para a velhinha, que aos poucos foi se acalmando, embora repetisse sem parar: "Essa menina caiu do céu!"

– Não foi bem do céu, tia – disse Rodolfo, rindo. – Foi da Califórnia.

– Da Califórnia? – dona Carolina arregalou os olhos.

– Ela é uma garota americana que veio morar conosco por uns tempos. Eu sou Rodolfo e este é Roberto. Ela veio para cá e nossa irmã foi para os Estados Unidos, estudar lá. Intercâmbio cultural, sacou?

– Não, não saquei – disse a senhora, divertida com aquela linguagem estranha para ela. – Digamos então que ela caiu do céu da Califórnia para me salvar.

– Assim está melhor. – Mary Anne sorriu. – Quer que chame um médico?

– Que médico, menina! – reagiu a velha senhora, olhando em volta. – Onde está Laura?

– Acho que foi chamar a polícia da casa de algum vizinho, já que a senhora não tem telefone.

– Polícia, que bobagem! – tia Carolina espiou o ladrão amarrado como salsicha no tapete da sala. – Não precisava nada disso. Ele não oferece mais perigo.

– De qualquer forma ele não pode ficar aí amarrado a vida inteira – disse Roberto. – Ele chegou a roubar alguma coisa?

– Não teve tempo. Ele me surpreendeu quando eu chegava das compras e me obrigou a abrir as portas. Queria que eu lhe entregasse um tal de tesouro, apontando aquele revólver horrível, quando essa menina...

– Mary Anne – apresentou-se a garota.

– Sim, Mary Anne. – A velha senhora estava deveras espantada. – Como pode ser tão ágil, menina?

– É que eu treino todos os dias com o meu pai, isto é, quando estou lá nos Estados Unidos. Se acha que sou ágil, precisa ver ele em ação.

– Tô ferrado – gemeu o ladrão no tapete.

Tanto tempo rodeando aquela casa que, segundo os vizinhos, estava cheia de ouro, pra topar com uma garota americana especialista em desarmar assaltantes. Era azar daqueles.

Laura voltava nesse instante:

– Tudo em cima, turma. A polícia está a caminho.

7

Tia Carolina agradece

Enquanto esperavam a polícia, Laura pôs a tia a par dos motivos que levaram os garotos a visitá-la, muito oportunamente, por sinal. Dona Carolina ouviu em silêncio.

– Acha que pode ajudá-los? – perguntou a sobrinha.

– Não creio. Realmente não tenho o menor conhecimento de qualquer mistério envolvendo nossa família.

– Laura falou que a senhora tem um arquivo completo sobre os Albuquerque – insistiu Mary Anne. – Além de muitos objetos antigos.

Tia Carolina olhou de viés para a garota xereta que se atrevia a querer mexer nos seus preciosos guardados. Ela se sentia como a guardiã de uma torre cheia de tesouros. De qualquer forma, a garota era especial, devia muito a ela, talvez mesmo a vida.

– Não creio que possa interessá-los – disse secamente. – São velhos papéis de família que li e reli. Posso lhes garantir, não encontrei qualquer sinal misterioso, se é isso que procuram.

– Nossa última esperança! – gemeu Roberto.

– Esperem um pouco. – Dona Carolina levantou-se subitamente e, com uma agilidade não suspeitada, subiu as escadas.

– Que será que ela foi fazer? – perguntou Roberto. – Está demorando...

Quando dona Carolina voltou, trazia um pequeno objeto.

– É pra você, Mary Anne – disse ela. – Aceite como prova da minha gratidão. Pertenceu a um antepassado meu.

A garota estendeu as mãos para o presente, uma caixinha de madeira finamente entalhada, que servia para guardar rapé.

– Muito obrigada! – agradeceu. – É linda!

Nesse exato instante soou a campainha. Era a polícia. Os recém-chegados ouviram o relato da tentativa de assalto e tomaram nota do endereço dos garotos para possíveis depoimentos. Acharam muita graça no fato de o ladrão ter sido imobilizado por uma garota e ainda por cima estar amarrado com toalhas de mesa.

Encontraram o revólver caído junto a uma das cadeiras. Com o certeiro golpe de Mary Anne, ele voara da mão do ladrão e, por sorte, não disparara.

– Obrigado, hein, garotos – agradeceu o oficial. – Este aqui é nosso velho conhecido. Trate de fechar bem as portas, dona.

– Acho que também vamos indo – disse Laura. – Quer ir para casa, titia?

– Meu lugar é na minha casa – replicou a outra, seca.

– Virei vê-la logo – ofereceu a sobrinha.

– Sim, sim. – Tia Carolina não parecia nada feliz com a promessa. Acostumara-se com a solidão.

Entraram no carro desapontados. A visita dera praticamente em nada.

– Desistimos? – perguntou Rodolfo, coçando a cabeça.

– Que desistir o quê! – falou Mary Anne, acariciando a caixinha que recebera de presente.

– Mas não temos pista nenhuma!

– Se ao menos a gente pudesse dar uma olhada naquele arquivo! – suspirou Roberto.

– Devem se dar por felizes de terem conseguido entrar. Normalmente, ela nem abriria a porta pra vocês. O assalto facilitou tudo.

Ainda brincando com a caixinha, Mary Anne pensou que a velha senhora era muito corajosa. Qualquer outra teria aceito o convite da sobrinha e sairia correndo do casarão, pelo menos por aquela noite.

– Precisamos avisar frei Miguel de que voltamos ao ponto de partida – falou.

– Frei Miguel? – estranhou Laura.

Os garotos tinham esquecido de falar do amigo. Contaram a Laura que ele era o superior do convento onde estavam as urnas com os restos mortais de alguns membros da família Aragão. E completaram a informação, tecendo os maiores elogios ao arqueólogo.

Laura entusiasmou-se tanto que quis conhecê-lo. Sem mais delongas, partiram em direção ao convento.

Frei Miguel recebeu-os como sempre, carinhosamente, e levou-os novamente à capela para que Laura visse as urnas.

– Você sabe onde está enterrado o seu tetravô? – perguntou subitamente.

A garota sorriu:

– Se o senhor imagina que possa ser dele a ossada na torre, desista. Ele está numa capela de um convento igual a este. Disso não há dúvida. Foi pedido expresso em testamento, segundo histórias de família.

– *What a pity!* – lastimou-se Mary Anne. – Mais uma hipótese anulada. Aliás, pela lógica, não seria plausível que fossem do marquês os despojos da torre.

– Antes que me esqueça, de quem foi a ideia de pôr o anúncio no jornal? – perguntou Laura, curiosa.

– Minha – disse frei Miguel. E recontou a história da sua amizade com o jornalista.

Laura pareceu entusiasmada:

– Estou fazendo faculdade de comunicação, com especialização em jornalismo. Logo vou precisar estagiar num jornal. Será que o senhor me apresentaria a seu Carlos?

– *Folks!* – gritou Mary Anne, do seu jeito estabanado. – Tive uma ideia genial. Por que a Laura não escreve a reportagem como *freelancer?* O Carlos não pediu exclusividade? Quem melhor do que ela, como descendente de um dos personagens, para dar autenticidade à história toda?

– Bem pensado – aplaudiu o superior. – É só descobrirmos o resto do mistério que ela terá elementos até para uma novela policial.

A garota pareceu satisfeita. A turma era legal. Já antegozava o prazer de escrever sobre aquilo. Seus melhores sonhos estavam se tornando realidade.

– Precisamos unir nossos esforços – disse Roberto.

– Ao ataque! – vibrou Mary Anne.

– Estive pensando – aparteou Laura. – A gente precisa revirar esse castelo de alto a baixo. Quem escreveu a charada sabia o que estava fazendo, embora à primeira vista pareça sem sentido.

– Estão faltando quase todos os quadros da parede – lembrou Mary Anne.

– Quem sabe estão na adega. Todo castelo que se preze tem uma.

– Não vimos nenhuma.

– Pois vamos descobri-la. A não ser que o Patrimônio Histórico tenha retirado os quadros.

– Não creio. E deixado todo o resto? Móveis, lustres, cristais? Se a família não tirou, os quadros devem estar no castelo mesmo.

Despediram-se de frei Miguel e combinaram novo encontro na casa dos garotos, para o dia seguinte e sempre àquela hora providencial em que os pais não estavam. Iriam estudar a situação e combinar novas investidas.

Durante o jantar, os garotos disfarçaram o mais que puderam toda a vontade de contar a aventura em que estavam metidos. Mary Anne, cansada dos acontecimentos do dia, despediu-se da família e foi para o seu quarto. Roberto e Rodolfo – que colecionavam selos – dispuseram-se a pôr ordem nos álbuns, um tanto abandonados. Os pais recebiam grande correspondência, inclusive do exterior, e eles eram os felizes ganhadores dos selos.

– Vejam que lindos estes que chegaram! – apontou Renata para os envelopes vindos dos Estados Unidos.

Ricardo, estendido no sofá, assistia ao noticiário pela TV enquanto na cozinha Mariana reinava absoluta, batendo um bolo para a reunião do dia seguinte. Estava nessa com os garotos e não abria.

Foi quando Mary Anne apareceu no meio da escada e fez sinais agitados para que os irmãos subissem.

Dando uma desculpa qualquer, os dois galoparam escada acima. No patamar, longe dos olhos de Renata e Ricardo, a garota agora pulava – como se tivesse acabado de marcar um gol em partida final de campeonato –, estendendo para os garotos o que ela acabara de achar dentro da caixinha de rapé do antepassado de tia Carolina.

8

O grande achado

Roberto, sem entender muito bem o que se passava, pegou o que a garota estendia.

– O que é isso, afinal?

Mary Anne estava ofegante:

– Fiquei mexendo na caixinha, distraída, quando de repente encontrei um fundo falso. Bem dobrado, no fundo, estava este papel, parece velho...

– E é importante? – Rodolfo também estava curioso.

– Importante? – Roberto passava os olhos rapidamente pelo papel, amarelado pelo tempo. – Melhor do que ganhar na loteria. É o mapa da mina...

– Deixa eu ver – Rodolfo tentou arrancar o documento das mãos do irmão, que se esquivou.

– Vamos lá para o quarto depressa; a gente não pode deixar o pai e a mãe perceberem do que se trata.

Escondidos, como piratas numa caverna enterrando um tesouro, Roberto abriu o jogo:

– É uma carta, escrita pelo próprio marquês de Alfomares, um documento preciosíssimo.

– Leia alto – pediu Mary Anne, superagitada.

Após um suspense, o garoto leu:

– A quem interessar possa, eu, Pedro Afonso Guimarães de Albuquerque, marquês de Alfomares, lego esta carta a fim de que ela sirva, se preciso for, de reabilitação do meu nome e de benfeitoria à comunidade...

– Mais devagar – interrompeu Mary Anne. – Essa linguagem antiga me confunde um pouco.

– Partimos da Província de São Paulo, no ano do Senhor de 1823, reinando já o Imperador D. Pedro I, que o Senhor o proteja.

Éramos muitos homens, entre senhores, agregados e escravos. Levávamos víveres, armas, munições e tudo quanto supúnhamos necessário à nossa longa jornada.

Íamos em busca de tesouros, descendo o Anhembi até sua barra no Paraná, compreendendo toda uma região percorrida por velhos bandeirantes, antepassados nossos.

Como sempre houvera em tais ocasiões, primeiro rezou-se uma missa no pátio do castelo do conde de Aragão, onde ele nos deu sua bênção na hora da partida.

Fernão era solteiro, mas a maioria de nós deixava filhos

pequenos aos cuidados de nossas mulheres e serviçais, sem saber ao certo quando e se voltaríamos do sertão.

Cinco longos anos passamos embrenhados nas matas. Vítimas de ataques de índios ferozes e animais daninhos, que destruíam nossos roçados, e de secas, intempéries, fome e, principalmente, as malárias e as úlceras.

Dia a dia vimos morrer nossos companheiros, sem que pudéssemos ajudá-los. Até que, em desespero de causa, caindo Fernão, nosso chefe, também doente, atacado de febres, decidimos que um de nós voltaria em busca de socorro. Sabíamos de antemão que o velho conde era homem generoso e não se negaria a organizar uma nova expedição.

Fui incumbido dessa tarefa e preparava-me para voltar quando, por um desses acontecimentos da sorte, um de nossos escravos descobriu – na bateia em que lavava o cascalho do rio – várias pedras de alto quilate, que supusemos fossem diamantes.

– *Diamonds!* – Mary Anne não se conteve e interrompeu a narrativa, sob os olhares desaprovadores dos garotos.

Ela fez um sinal de que ficaria quieta dali por diante e Roberto continuou:

– Muitos mais foram encontrados e a alegria espalhou-se pela expedição. Nada fora em vão. Mas precisávamos desesperadamente de víveres. Na hora da partida, Fernão, visivelmente fraco e ardendo em febre, ainda teve forças de entregar-me uma carta e um saquinho de couro com vários diamantes que eu deveria levar até seu pai, o conde de Aragão, como prova definitiva do nosso sucesso.

Chegamos à Província de São Paulo, eu e alguns agregados e escravos, todos muito doentes. Estive com o conde no castelo, onde lhe entreguei as encomendas de seu filho e meu amigo querido.

O conde prometeu-me organizar nova expedição de socorro à primeira, que partirá o mais breve possível. Infelizmente meu estado de saúde agravou-se; sinto que morro.

Os poucos que voltaram comigo irão na nova expedição, homens que são da maior confiança, em socorro de Fernão. Minha missão, cumpri-a. Os diamantes estão seguros em poder do conde. Se tal notícia chegar aos ouvidos de pessoas sem escrúpulos, ele poderá até mesmo ser assassinado em seu castelo.

É meu desejo que esta carta seja encontrada tão somente após a minha morte, que sinto já se aproxima. Assim, não porei em perigo a vida do conde. Ele, provavelmente, esperará a volta de Fernão, escondendo os diamantes em sua propriedade.

Os poucos que têm notícia deste tesouro estão sob juramento, à beira do meu leito de morte.

Caso Fernão não regresse, sabe Deus se estará ainda vivo, e como não deixa ele herdeiros, se forem os diamantes algum dia encontrados, sejam eles usados para o bem da comunidade, nunca para a ganância de poucos. Por conseguinte, darei por bem empregada a minha vida e minha prematura morte, legando à orfandade meus pobres filhos e à viuvez precoce minha jovem mulher.

Minha bênção e a de Deus todo-poderoso recaia sobre aquele que cumprir este meu último desejo. Caso contrário, que a mão de Deus seja o látego da justiça.

Que o Senhor se apiede de minh'alma que estou prestes a entregar-lhe. E socorra meus companheiros que ainda estão no sertão. Morro de consciência tranquila.

Pedro Afonso Guimarães de Albuquerque, V marquês de Alfomares.

Província de São Paulo, ano do Senhor de 1828, a três de maio.

Assim terminava a carta. Ficaram em silêncio por alguns segundos. A figura do jovem marquês, em seu leito de morte, delineava-se claramente em suas mentes.

– Teria havido essa nova expedição? – perguntou finalmente Roberto. – Pesquisamos no arquivo do convento e não achamos nenhuma referência a ela.

– Talvez a gente precise pesquisar mais – disse Mary Anne, visivelmente comovida com o teor da carta. – Minha mãe costuma dizer que às vezes os historiadores deixam passar fatos menores e que têm muita importância. Vocês se lembram em que ano morreu o conde mais velho, o pai de Fernão?

– Essa é fácil – disse Rodolfo. – Está gravado na urna da capela: foi em 1853.

– Legal. O marquês, a gente sabe agora, morreu em 1828. Era jovem como Fernão, o filho do conde. Este, por sua vez, devia ser um coroa de meia-idade.

– Gostei do coroa. A gente descobriu também que o conde pai nasceu em 1773, lembram-se? – acrescentou Roberto.

– Justamente. E, fazendo as contas... Ele morreu bem velho em 1853, com oitenta anos.

A garota vibrou:

– E vocês acham que, vivendo ainda uns vinte e cinco anos após as notícias do filho doente no sertão, e sendo um homem generoso como diz a carta, ele não se empenharia em organizar nova expedição em socorro à primeira? Tenho certeza de que essa expedição partiu.

– Espere aí – disse Rodolfo, acabrunhado. – A gente não tem certeza de nada. Nem de quem está na urna da capela, tá sabendo? Tanto pode ser o pai como o filho. Os nomes eram iguais, valeu?

Roberto também estava empolgado:

– Vamos revirar aquele arquivo. Se houve a tal expedição, encontraremos notícias dela. Ou em arquivos de bibliotecas públicas, sei lá.

– Mas, pensando bem, que importância tem saber se essa bendita expedição foi organizada? – quis saber Rodolfo.

– Se a nova expedição partiu, sempre há uma hipótese de que Fernão tenha regressado – apressou-se a dizer a garota. – Temos a urna que se presume seja do conde de Aragão e um corpo na torre do qual não sabemos a identidade. Porém, há dois condes: pai e filho, e ambos têm o mesmo nome. Afinal, quem estará no convento? E qual terá morrido na torre? Uau, é mistério dos bons!

– E põe bom nisso – concordou Roberto. – Restam ainda os diamantes, turma. Alguém tem um calendário?

Rodolfo apressou-se em pegar a agenda.

– Vejam – apontou Roberto. – A lua cheia de maio começa no dia 16 e vai até o dia 23.

Por incrível que pareça, coisa tão elementar, ninguém ainda lembrara de procurar.

– Que surpresa Laura e frei Miguel vão ter amanhã quando a gente contar! – falou Mary Anne.

– Pelo menos essa parte da charada está decifrada – suspirou Roberto. – Dia 16 é o nosso dia D.

9

Novos rumos

Os garotos invadiram o convento tão cedo que até deixaram assustado o velho frade porteiro que sempre os atendia.

– Frei Miguel, frei Miguel! – já entraram chamando, mas foram advertidos de que fizessem silêncio pois os frades ainda rezavam as matinas.

Tão logo acabaram as orações, o superior apareceu e vibrou com as novidades. Aquele achado mudava todo o rumo dos acontecimentos. Agora tinham uma pista definitiva a seguir.

– A Laura vai hoje lá em casa. A gente gostaria que o senhor também viesse – convidou Roberto. – Precisamos planejar tudo direitinho.

– A que horas é a reunião?

Os garotos se entreolharam, indecisos.

– Que foi, algum problema?

– A coisa está se complicando – explicou Rodolfo. – Será que já seria a hora de contar tudo aos nossos pais? E aos da Laura também? Afinal, o documento é um bem da família dela. E ainda tem essa história dos diamantes, coisa séria, né?

– Bem pensado – concordou frei Miguel. – É melhor contar a verdade. Senão nós todos vamos nos complicar. Vocês, por esconderem a história, e eu, por dar-lhes cobertura.

– Tá legal! – interrompeu Mary Anne. – A gente conta tudo. Vai ser até divertido. Só quero ver a cara dos coroas... Vão cair da cadeira.

– A gente precisa dar uma preparadinha neles, não acha? – observou Roberto, preocupado.

– Que nada, cara, vai ser na surpresa mesmo. Deixa comigo que eu sou vidrada num filme de mistério, daqueles que o detetive reúne todo mundo na sala e começa a descobrir o criminoso por dedução.

– Falou bonito – aplaudiu Rodolfo. – Fica por sua conta então. Se a mãe tiver um chilique a responsa é sua.

Combinaram que, já que iam abrir para as famílias, o melhor era o encontro ser à noite. Foram para a escola, a cabeça cheia de planos e expectativas.

Logo depois do almoço, Roberto telefonou para Laura, contando da carta encontrada na caixinha que dona Carolina dera para Mary Anne. Laura também achou prudente que abrissem tudo para os respectivos pais, pois a coisa estava se complicando. Combinaram que logo mais à noite ela iria à casa dos garotos, acompanhada dos seus pais. Ia ser um espanto genuíno de parte a parte.

– E tem mais – lembrou ela. – Nós temos aqui em casa uma biblioteca fabulosa. Mamãe herdou boa parte dela. Tem livros antigos e raros, muitos sobre História do Brasil.

– Por que não contou isso antes? Vai ser legal conhecer seus pais. Até a noite, então.

Na hora do jantar, todos em torno da mesa, Roberto lançou a bomba do dia:

– Pai, mãe, a gente vai ter visitas logo mais.

– Quem? – estranhou Renata. – Amigos seus?

– De certa forma. A garota é amiga da gente sim, ela se chama Laura. Os pais dela a gente não conhece ainda.

Ricardo franziu as sobrancelhas. O que esses garotos estariam aprontando dessa vez? Mas nem imaginava o que podia vir depois. À medida que o filho foi falando – mais os apartes de Rodolfo e Mary Anne –, tanto ele quanto Renata foram ficando literalmente de boca aberta.

Mariana, que já estava a par de tudo por Roberto, só espiava pela porta da sala, segurando o riso. A cara dos patrões estava mesmo gozadíssima. De puro espanto.

Quando conseguiu recuperar a voz, Ricardo falou:

– Isso é o maior absurdo que eu já ouvi. Tinha avisado que vocês estavam invadindo propriedade particular. São até passíveis de prisão...

– Não exagera, vai, pai – conciliou Roberto. – A coisa está nesse pé. Se a gente abrir pra todo mundo, mela. O plano é descobrir o tal tesouro, se é que ele existe, e depois fazer tudo direitinho, contar a quem de direito e tudo mais...

Renata, mais condescendente que o marido, olhou-o suplicante. Enquanto ele engolia em seco, ela falou:

– Tem lógica. Que tal a gente dar uma chance para os garotos?

– Loucura! – bufou o pai.

– É uma questão de dias, pai... – suplicou Rodolfo.

– Até a bendita lua de maio, isso tudo é pura loucura – repetiu, abespinhado.

– Onde está o seu espírito aventureiro, doutor Ricardo? – cutucou Mary Anne. Não é sempre na vida que a gente tem chance de ser herói...

Nem acabou de falar, tocaram a campainha. Era Laura, acompanhada dos pais. Não havia tempo para mais nada a não ser encarar os acontecimentos. Ricardo rendeu-se ao fato.

Laura apresentou os pais. Raul de Sousa era um advogado criminalista. Madalena Albuquerque de Sousa, uma artista plástica bastante conhecida.

Logo Mariana apareceu com bebidas. Estava servindo as visitas quando a campainha tocou novamente.

– Eu atendo – Roberto correu até a porta. Logo mais retornava acompanhado de frei Miguel, que foi apresentado a todos.

– Pelo visto fomos pegos de surpresa pelos nossos garotos – disse Raul.

– Surpresa, isso é um choque – exagerou Ricardo.

– Os senhores têm filhos muito especiais – elogiou frei Miguel, tentando suavizar a coisa.

– Bondade sua – Madalena estava visivelmente feliz. – Laura não falou em outra coisa hoje senão em vocês. Haja o que houver, acho que o saldo mais positivo será nossa amizade.

– Não há dúvida – concordou Renata.

Mary Anne, sentindo que chegara a sua deixa, foi buscar o presente. Mostrou a todos o engenhoso mecanismo da caixa que, aparentemente, era uma simples caixa de rapé. Porém, forçando o fundo falso, este saltava como uma mola, deixando à vista o pergaminho amarelado pelo tempo.

A carta passou de mão em mão pelos convidados, satisfazendo-lhes a curiosidade. Leram-na cuidadosamente.

– O que você acha, mãe? – perguntou Laura. – Será que a tia Carolina sabia dessa carta? Ou o presente foi pura coincidência?

– Tantos anos mexendo nesses objetos – suspirou Madalena, pensativa. – Quem pode afirmar com certeza? A carta, sem dúvida, é autêntica, estava lacrada com o sinete de família que conheço bem. Ainda resta parte do lacre.

– Gostaria tanto de agradecer a ela – disse Mary Anne. – Mas não sei se devo tocar no assunto.

– A melhor forma é agradecer sem deixar transparecer que você achou alguma coisa – sugeriu Laura. – Titia é muito excêntrica. Quem sabe prefira ficar fora de tudo isso.

– De qualquer forma o segredo sobre o assunto deve ser absoluto – lembrou Renata, o que fez Roberto rir sozinho. A mãe, como ele imaginara, entrara fácil no espírito da coisa.

– De acordo – Madalena assentiu com a cabeça. – Já imaginaram se a notícia sobre os diamantes se espalha? Guardas dia e noite naquele castelo para evitar assaltos.

– Um presente de grego para o Patrimônio Histórico – falou Raul. – Tudo isso me preocupa muito. Suponhamos que os diamantes estejam mesmo no castelo.

– Ora, meu bem, seria maravilhoso – riu a esposa.

– Sim, mas as implicações jurídicas do caso? O castelo é tombado pelo Patrimônio Histórico. Tudo o que houver dentro dele, desde o menor dos objetos até mesmo diamantes, pertence a ele. Seu tataravô pediu que se fizesse bom uso da fortuna em prol da comunidade. Legalmente isso não seria possível. Ele era apenas amigo dos condes de Aragão. A não ser...

– A não ser? – insistiu Renata.

– ... que houvesse um acordo entre as partes, quer dizer, entre o Patrimônio Histórico, você e sua tia como legítimas descendentes do marquês, e portanto, com direito à fortuna, visto não haver herdeiros diretos do conde de Aragão.

– Seria possível esse acordo? – interessou-se Ricardo.

– Talvez – disse Raul. – Atendendo ao desejo do marquês, o tesouro seria revertido em alguma obra assistencial, um tipo de fundação, sem finalidade lucrativa. Mas tudo isso é apenas conjetura. Vamos dar tempo ao tempo. Primeiro precisamos encontrar os diamantes, se é que eles existem.

– Não duvide, doutor Raul – afirmou, categórica, Mary Anne. – Se eles realmente estiverem no castelo, nós os encontraremos.

– Laura disse que a senhora tem muitos livros antigos, alguns sobre a História do Brasil – falou Roberto, dirigindo-se a Madalena.

– Se quiserem, eu me encarrego da pesquisa sobre a segunda expedição Aragão.

– Poxa, que legal. A gente até podia ajudar, eu adoro uma boa pesquisa – vibrou o garoto.

– Então é só combinarmos, vocês vão ajudar muito, é bastante livro para consultar.

Renata, por sua vez, reparou no quanto frei Miguel estava calado. O último a ler a carta do marquês fora ele. Manuseara atentamente o documento, apalpando-o, estudando-o inclusive com uma lupa que sempre carregava consigo. Pelo ar satisfeito do frei, ele chegara a conclusões bem satisfatórias.

– Caros amigos – disse ele, tirando os óculos. – Dona Madalena confirmou o sinete da família, portanto é mais que certo que a carta é autêntica.

– Daí, frei? – quis saber Roberto.

– Daí... – Os olhos do superior brilharam. – Se este documento estivesse todos esses anos, mais de cento e cinquenta anos, dobrado nesta caixa, as dobras deveriam pela lógica estar profundamente marcadas no papel, devido à sua espessura, o que não acontece em absoluto. As marcas são recentes e irregulares.

– Quer dizer então?

– Que alguém dobrou há muito pouco tempo este pergaminho e às pressas.

– Tia Carolina! – exclamou Laura.

O superior confirmou a dedução:

– Tia Carolina sabia da existência do documento que ela ou outra pessoa da família encontrou. Quando resolveu fazer o presente a Mary Anne, ela o dobrou apressadamente, colocando-o em seguida no fundo falso da caixinha de rapé.

– Mais do que nunca preciso agradecer à tia Carolina – repetiu a garota. – Abençoado assalto!

– Já achamos o nosso Sherlock Holmes – anunciou Renata alegremente. – O senhor merece um brinde, frei.

– Por que ela teria guardado silêncio durante todos esses anos? – admirou-se Madalena. – Nunca ouvi sequer um comentário na família sobre o assunto.

– Talvez tenha achado oportuno revelar o segredo agora, quando foi salva por Mary Anne – concluiu Raul. – Ela confiou nos garotos, isso é certo.

– Confiança que vamos merecer – garantiu Roberto.

Despediram-se logo mais, pois todos levantavam muito cedo. Madalena comprometeu-se com os garotos a começarem, já no dia seguinte, a pesquisa na sua vasta biblioteca. Ia ser interessante, como se fossem garimpeiros da História.

Nessa noite, Mary Anne rolou na cama, bolando uma forma de agradecer à bondosa senhora que tanto os auxiliara. Horas depois, quase pegando no sono, teve uma ideia.

Foi assim que, dias depois, tia Carolina receberia pelo correio um cartão que dizia:

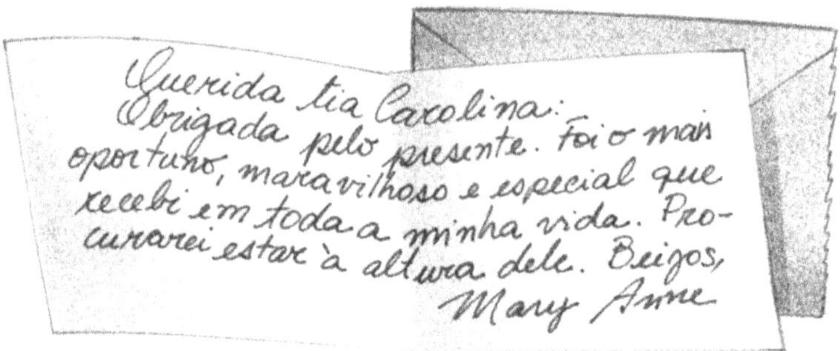

10

Quem procura acha?

Logo na manhã seguinte, a primeira providência de Madalena foi baixar dezenas de livros das estantes. À tarde, como haviam combinado na noite anterior, a turma se reuniu na casa dela, e mergulharam todos na leitura à procura de algum indício. Vários de seus livros eram de fato bem antigos e de grande valor no mercado livreiro.

Continuaram as pesquisas no Arquivo do Estado, onde passaram horas divertidas, vasculhando o passado. Era uma questão de tempo, ou melhor, de sorte.

O objetivo final era confirmar a possível partida de uma segunda expedição Aragão. Roberto, por sua vez, além de colaborar nesse esforço conjunto, ainda trabalhou em outra pesquisa por sua própria conta. Passou vários intervalos na biblioteca do colégio.

– Que aconteceu? – brincou o bibliotecário. – Tanto interesse em diamantes. Achou uma mina ou entrou no ramo diamantário?

– Nem uma nem outra – desconversou o garoto, fazendo mistério.

Valeu a pena ficar sem o lanche, porque ele descobriu várias coisas interessantes: na África, o diamante é retirado das rochas. Já no Brasil, é encontrado nos cascalhos dos rios, nas áreas ditas diamantíferas. E o que se chama *garimpagem*. "Primeiro ponto positivo", pensou o garoto. "Confere com os dados da carta."

Outra coisa que ele descobriu foi que o chamado brilhante nada mais é que um dos processos de lapidação do diamante, com um mínimo de 58 facetas. Brilhante então não é a pedra, e sim a lapidação, repetiu, divertido.

Outro pormenor: para um leigo, um diamante pode passar despercebido entre seixos de vidro ou quartzo. Transparente, bonito, mas sem dar a menor ideia do seu real valor.

O diamante além do mais – e essa parte interessou sobremaneira o garoto – é, das substâncias naturais, a mais dura. Isso porque é formado sob grande pressão e alta temperatura. Carbono puro, ele é encontrado em forma de cristais. Mas apenas 15% podem ser considerados pedras preciosas;

a maioria tem defeitos grandes que impedem a lapidação. Alguns diamantes róseos, vermelhos, amarelos, verdes ou azuis possuem valor excepcional.

O maior diamante conhecido é o *Cullinan,* descoberto no Transvaal, África do Sul, pesando 3 106 quilates, mais de meio quilo. Esse diamante fabuloso foi recortado em 105 pedras, das quais a maior, com 503 quilates, está no cetro da Coroa inglesa. O maior diamante brasileiro é o "Getúlio Vargas", com 600 quilates, encontrado em Minas Gerais. O Brasil é grande produtor de diamantes.

Devido à sua extrema dureza, os diamantes são usados industrialmente para triturar e cortar. O diamante negro ou cinza-escuro, chamado "carbonado", de um quilate, é colocado nas extremidades das ponteiras de aço usadas nas sondas perfuratrizes das companhias de petróleo e mineração.

– Eta enciclopédia dez! – murmurou Roberto. Graças a ela, aprendera o essencial sobre diamantes. E que podia ser de muita utilidade.

Dias mais tarde, o trabalho conjunto de Madalena deu resultado. Combinaram que se reuniriam todos na casa dos Giusti, mais à noite.

Os garotos telefonaram para o convento e convocaram o bom frade para vir se reunir a eles, com o que ele concordou alegremente. Por sorte era o superior do convento, tinha autonomia para sair à hora que quisesse.

– Faça um café caprichado – pediu Renata a Mariana, que, sabedora em primeiro lugar de toda aquela história, sentia-se importantíssima.

– Pode deixar que eu também frito num instante aqueles bolinhos que os meninos gostam – ofereceu. Esses bolinhos, apelidados pelos garotos de "dengos da Mariana", eram deliciosos.

Madalena e Laura vieram sozinhas dessa vez. Raul estava com um processo trabalhoso e o levara para estudar em casa.

– Boas notícias? – perguntou Renata, curiosa.

Sem mais delongas e com toda a solenidade, Madalena abriu uma pasta e colocou diversos papéis sobre a mesa da sala. Ali estava anotado tudo o que haviam descoberto.

A expedição de socorro a Fernão de Aragão partira em 1831, ano decisivo na História do Brasil, com a abdicação de D. Pedro I. Essa expedição ficaria longo tempo perdida no sertão, sem que ninguém soubesse se teria ou não encontrado a primeira.

Mas "sete anos após a partida da segunda expedição, alguns magotes de homens, doentes e cansados, aportaram na Província de São Paulo, dizendo-se remanescentes dela; correram também rumores de que Fernão de Aragão, prematuramente envelhecido e com a saúde abalada, teria também retornado com eles..." – dizia textualmente um dos documentos copiados.

– 1838 – comentou Ricardo. – Será que o conde ainda estaria vivo à espera do filho? Teria ele trazido mais diamantes? Quando foi mesmo que Fernão nasceu?

– O conde filho nasceu em 1798 – apressou-se a dizer Mary Anne, que possuía boa memória para datas. – Ele partiu em 1823, quando tinha vinte e cinco anos, passou quinze no sertão, e voltou em 1838, com quarenta anos.

– Houve bandeirantes que passaram o dobro. Gente arrojada aquela, apesar de muitas vezes ter sido cruel e implacável.

– Mas tiveram o mérito de alargar as fronteiras – defendeu Renata.

– A um preço bem alto, os índios escravizados por eles que o digam...

Madalena interrompeu a disputa:

– Proponho que se aceite a versão deste historiador que afirma que o filho do conde retornou a São Paulo. Só nos resta descobrir qual dos condes morreu na torre e qual jaz na capela do convento.

O mais importante é o fato de Fernão ter voltado e trazido possivelmente o restante dos diamantes – opinou Laura. – Por isso a tal charada. A fortuna devia ser imensa.

– Tanto sacrifício, *my God!* – suspirou Mary Anne. – Terá valido a pena? Tanta gente morrendo jovem, sem aproveitar nada... parece até aqueles filmes de aventura do Indiana Jones.

Frei Miguel tomou a palavra:

– Teria havido alguma partilha entre os sobreviventes? Se o conde era um homem generoso e o filho saiu a ele, não deve ter ficado com todo o tesouro para si; talvez socorresse as famílias dos companheiros mortos...

– Isso jamais saberemos – disse Madalena. – Um tesouro desses mexe muito com as pessoas. Quem pode saber até que ponto vai a cobiça? Depois não temos a menor ideia da quantidade de diamantes encontrados e seu exato valor.

Roberto aproveitou e colocou os outros a par das pesquisas

que fizera sobre diamantes. Ajudaria muito se fossem realmente encontrados.

– Chega de pesquisa – disse Rodolfo. – Agora é tentar pôr ordem no castelo e decifrar a bendita charada.

– Já estamos em abril – lembrou Mary Anne. – Um mês passa rápido. A gente precisa ter tudo pronto na lua cheia de maio.

– Vou começar a escrever a reportagem – falou Laura, animadíssima. – Com os dados que tenho, posso fazer um trabalho legal.

– Tenho uma boa notícia para você – disse frei Miguel. – O Carlos ligou pra mim, querendo saber mais notícias. Aproveitei e pedi um lugar de estagiária para você. Se já estiver cursando o segundo ano, está garantido.

– Sensacional, estou no terceiro ano, frade – disse a garota, orgulhosa. Ela nascera para aquilo.

– Então é só procurá-lo.

– Como é que posso agradecer a sua gentileza?

– Não agradeça, faça um bom trabalho.

Nesse instante, Mariana vinha apontando com o café e os famosos bolinhos. Foram um sucesso e Madalena até pediu a receita.

– Isso é meio difícil, dona – confessou Mariana. – Faço tudo de cabeça... Pra falar a verdade fui eu quem inventou essa receita.

11

Finalmente ação!

No dia seguinte, reuniram-se todos no castelo. Alguns timidamente, outros afoitos. Um pequeno batalhão no ataque, embora sorrateiramente para não chamar a atenção. Por sorte, em cidade grande, ninguém presta muita atenção nos vizinhos.

Mariana oferecera-se para ir junto. De tanto ouvir falar naquilo tudo, ardia de curiosidade. E também os ajudaria a pôr fim naquela poeira acumulada de anos.

Frei Miguel levava o molho de chaves, pois se descobrissem a entrada da adega talvez alguma servisse.

– Virgem Maria, que horror! – Mariana logo torceu o nariz, literalmente. A poeira velha dava mesmo para sufocar.

– Calma – consolou Roberto. – Venha ajudar a gente a descobrir a tal porta.

– Pela lógica, deve estar no andar térreo com uma escada para o subsolo – disse frei Miguel.

Mariana perguntou se não podiam pelo menos abrir uma janela. Ela não suportava cheiro de mofo. Concordaram em abrir uma das laterais para não dar muito na vista. Foi um custo mover a cremona enferrujada. Finalmente, depois de muito esforço, ela girou, e a lufada de ar fresco aliviou a todos.

– Vejam que mulher bonita! – comentou Madalena, contemplando o retrato sobre a lareira. – Seria a condessa de Aragão?

– Provavelmente – disse o frei. – Ela morreu com trinta e poucos anos, talvez de parto. Naquele tempo não havia cesarianas, morriam muitas mulheres jovens, uma pena.

Iniciaram a busca ainda mais minuciosa que a da vez anterior. Levantando os reposteiros, nuvens de pó encheram o aposento. Foi um festival de espirros que os obrigou a abrir mais uma janela. Enquanto isso, com uma grande vassoura, Mariana ia retirando as teias de aranhas que formavam montes sobre o chão de mármore.

– Isto aqui limpo vai ficar uma beleza! – resmungava. Ordeira por excelência, vivia de vassoura na mão.

Nem bem falou, uma enorme aranha surgiu dentre as teias.

– Cuidado! – Mary Anne deu um pulo para trás.

Mas Mariana, num golpe certeiro de vassoura, já liquidava com a intrusa.

– Puxa, um carrilhão tão lindo e tão sujo – reclamou logo depois, tentando empurrar o relógio para dar uma boa limpeza.

– Pesa muito, deixe que eu ajudo. – Rodolfo correu em auxílio de Mariana. Mas os dois também não conseguiram mover o imenso carrilhão. Foi preciso Roberto e frei Miguel darem uma mãozinha.

Bendita eficiência. Afastado o relógio, lá estava a porta recortada na parede, antes praticamente encoberta.

– Você merece um beijo, Mariana! – Roberto, que vivia reclamando da mania de ordem da outra, abraçou-a radioso.

Frei Miguel pegou o molho de chaves do bolso, experimentou cuidadosamente uma por uma. Nenhuma serviu.

Desapontado, mexeu na maçaneta e a porta se abriu num leve estalido. Não estava trancada.

A escada descia, perdida na penumbra...

– Alguém lembrou de trazer lanternas? – perguntou Madalena.

– *Of course!* – Mary Anne correu a apanhar as lanternas que deixara sobre a lareira.

Desceram cuidadosamente, frei Miguel à frente, iluminando os degraus talhados em pedra.

A escada dava para um vasto aposento. Aos poucos foram se acostumando com a semiescuridão, auxiliados pelas lanternas, cuja luz incidia em várias prateleiras onde garrafas alinhavam-se cuidadosamente.

– A adega! – murmurou Laura. – Bem desfalcada. No tempo do conde acho que devia ser bem mais completa.

Ainda assim, pelos rótulos das garrafas, frei Miguel, exímio conhecedor de vinhos, deu um assobio e depois um estalo com a língua:

– Se não azedaram, devem estar um espetáculo!

A adega contudo não cheirava a mofo como o resto do castelo. Logo descobriram o porquê. Um sistema de ventilação, bem disfarçado nas paredes, permitia que o ar circulasse; felizmente para os vinhos que, fora da temperatura adequada, teriam se estragado irremediavelmente.

Logo adiante, acharam o que procuravam. Empilhados ao longo da parede, viam-se quadros e quadros. Quem os trouxera fora cuidadoso. Estavam alinhados de forma que não prejudicasse a pintura a óleo da maioria deles. Além dos quadros

havia também selas, de fino couro, entalhadas à mão, arreios, chicotes, atiçadores de lareira, uma armadura medieval enferrujada, alguns castiçais de prata e tapetes enrolados e colocados em pé como soldados em posição de sentido.

Começaram pelos tapetes. A muito custo, moveram o primeiro, pesadíssimo, rolando-o para perto da escada, onde Mariana, segurando uma das lanternas, iluminava o caminho.

Quando estavam movendo o segundo, frei Miguel, que tateava as paredes com os nós dos dedos, parou, surpreso.

– Que foi, frei? – quis saber Roberto.

– Bem aqui, venha ouvir!

Roberto bateu também com os nós dos dedos na parede:

– Estranho, soa oco. Há coisa atrás disso, gente!

Ato contínuo, apanhou um atiçador de lareira, em ferro fundido, e, usando-o como picareta, atacou o reboco da parede. Este cedeu sem muito trabalho, deixando à mostra um painel de madeira semiapodrecida.

– Uma falsa parede! – gritou Rodolfo. E, tomando o atiçador das mãos do irmão, completou o trabalho, arrancando o resto da madeira.

– Outra entrada para a torre! – exclamou Laura, olhando a abertura da parede da qual saía uma escada estreitíssima em espiral.

– Pode ser, mas quem é que vai se aventurar a subir por ela? – acudiu Ricardo, apreensivo. – Deve estar podre, não aguenta peso algum.

Antes que pudessem impedi-la, Mary Anne saltou a pequena abertura e foi subindo agilmente a escada.

– Cuidado, Mary Anne! – gritou Renata, aflita, ouvindo os estalidos de madeira apodrecida.

– Depressa, suba! – gritou Ricardo, desesperado com o que pudesse acontecer à garota.

Mas o primeiro lance de escada desabou num bloco compacto de poeira, fazendo um barulho infernal.

– Minha Nossa Senhora! – Mariana juntou as mãos. – Será que ela caiu junto?

– Calma, gente – pediu frei Miguel, ele mesmo apavorado, mas tentando segurar a emoção. – Se esta for realmente uma das entradas para a torre, Mary Anne já está em segurança. Basta descer a outra escada que sairá na cozinha...

Só que, quando alcançaram a torre, da primeira vez, eles não tinham visto nenhum sinal de outra escada, lembrou Roberto, entrando em pânico. Mas para não piorar as coisas, ficou em silêncio.

Correram todos para a cozinha, na esperança de lá encontrar a garota. Roberto entrou no armário e gritou para cima:

– Mary Anne, você está aí? Responda!

Mas, por mais que gritasse, não obteve resposta.

– Vou subir – avisou. – Ela pode estar ferida.

– Vou também – apressou-se a dizer Ricardo.

– Eu também – Renata estava cada vez mais angustiada. Maldita hora em que dera ouvidos àquela loucura de garotos.

Subiram a escada que levava à torre. No patamar, tudo em ordem, a porta continuava fechada.

– Será que ela está aí dentro? – perguntou Renata, tentando convencer-se de que era possível.

Ricardo abriu a porta e o cheiro acre colheu-os abruptamente.

– Está do jeito que deixamos – disse Roberto, correndo os olhos pelo aposento.

– Aqui não está! – falou Ricardo. – Deus do céu, onde foi parar essa menina? Que loucura tudo isso!

– Foi o que eu pensei – disse o garoto. – Não há outra escada por aqui, só a que sai do armário da cozinha. Não falei antes pra não assustar mais vocês.

– Quem pode garantir? – Renata torcia as mãos em desespero. – Será que existe outra porta embutida nas paredes?

– Negativo, mãe. Aquela escada que Mary Anne subiu deve dar em algum outro lugar do castelo, tipo saída secreta.

Apesar de todo o tormento do sumiço da garota, os pais de Roberto não puderam se conter. Como profissionais, aproximaram-se dos despojos caídos no chão da torre.

– Incrível! – murmurou Ricardo. – Como ninguém jamais suspeitou que houvesse um cadáver aqui na torre? Toda essa gente que morou depois no castelo.

– Esqueceu de nós e de todos os vizinhos? Isso tudo é realmente fantástico... Ah, meu Deus, a gente aqui e Mary Anne pode estar em perigo. Eu ainda acho que pode haver uma porta embutida aqui numa das paredes – repetiu Renata, visivelmente agoniada.

– Já disse que não tem – refutou Roberto.

– Sua mãe é pior que São Tomé – interrompeu o pai, irritado. – É melhor concordar porque ela não vai desistir. Chame os outros.

12

À procura de Mary Anne

Num instante, Rodolfo e frei Miguel juntaram-se a eles. Fizeram uma vistoria geral no pequeno aposento. Bateram nas paredes, olharam todo o piso. Rodolfo até subiu nos ombros de Roberto e experimentou o teto. Nada. Tudo era sólido sem vestígio algum de portas ou alçapões. As pequenas janelas estavam fechadas por dentro. O único habitante da torre jazia no chão em meio aos farrapos.

– Aqui definitivamente ela não está – concluiu frei Miguel, enxugando o suor do rosto. O aposento era abafado e o ar viciado.

– Não estou mais aguentando – disse Renata saindo para o patamar. Respirou mais aliviada. – O que vamos fazer? Chamar a polícia?

– Em último caso – respondeu Ricardo, seguindo-a. – Alguém tem alguma sugestão?

– Vamos olhar todo o castelo – sugeriu Roberto.

A ideia do garoto era simples e lógica. Se não havia sinal de outra escada ali na entrada da torre, a tal passagem através da adega devia ser mesmo uma saída secreta, para uma eventual fuga, coisa muito usada no passado. Mary Anne, que achara inadvertidamente a tal passagem, devia estar em algum outro lugar do castelo. Mas onde?

Voltaram para a cozinha, onde se dividiram em grupos para procurar a garota. Trabalho em vão. Ela não foi encontrada em nenhum dos aposentos.

– Vou telefonar para a polícia – disse Renata, decidida. A sua responsabilidade em relação a Mary Anne não lhe deixava outra opção.

– Espere – interrompeu Rodolfo. – Tive uma ideia. Laura, venha comigo. Vocês continuem as buscas.

Enquanto os dois partiam em misteriosa missão, os outros desceram novamente à adega, gritando o nome da garota. Por uma fatalidade, talvez Mary Anne não tivesse tido tempo de escapar ao desmoronamento. Aparentemente, porém, só havia pedaços de madeira podre e muito pó.

Desanimados e nervosos, já se preparavam para subir, quando ouviram ruídos. Pela escada de pedra vinham descendo Rodolfo e Laura. Atrás deles surgiu um garoto, que trazia firmemente preso pela coleira um negro e belíssimo *dobermann.*

– Conseguimos! – disse Laura. – O Edu vai colaborar com a gente. Alguém tem um objeto que pertença à Mary Anne?

– O quê? Pra quê? – balbuciou Renata, atrapalhada. Estava tão nervosa que teve um bloqueio mental.

– Para o cachorro usar o faro – explicou Edu. – Além disso ele tem ouvidos ultrassensíveis, ouve o que nenhuma pessoa é capaz. Tenho certeza de que ele localizará a Mary Anne.

Foi aí que Renata se deu conta de que o Edu era um vizinho deles que possuía esse *dobermann* supertreinado, que ele vivia exibindo em concursos. Era mais um naquela aventura maluca. Mas, devido às circunstâncias, que escolha eles tinham? Era torcer para que o garoto guardasse segredo e contar com a ajuda de Deus.

– Eu expliquei a situação toda e ele vai dar uma força, mãe, fique sossegada – disse Rodolfo, como se lesse os seus pensamentos.

– Claro, contem comigo. Mary Anne deixou algum objeto pessoal? – insistiu o Edu.

– Ela trouxe uma blusa de lã, deve estar por aqui – lembrou Mariana.

– Esta? – Renata entregou a blusa para o garoto.

– Legal. – Edu fez o cachorro farejar a blusa. – Aí, Roy, vamos, ache a garota! – comandou, soltando a coleira do cão.

Em resposta, Roy galopou escadas acima, seguido por todos. Ofegantes, viram o cão, de orelhas mais espetadas que nunca, parar por um segundo no salão e depois arremeter-se freneticamente para a cozinha, onde começou a arranhar a porta.

– Ele quer sair, abram a porta! – gritou Roberto.

Roy alcançou o quintal do castelo, enveredando para as cavalariças, onde estacou, latindo alto. Uma voz de mulher gritou:

– *Help!*

Eduardo segurou o cão ao mesmo tempo que o rosto assustado de Mary Anne aparecia.

– Está ferida? – perguntou o garoto.

– Acho que quebrei o pé – disse ela, reconhecendo o vizinho. – Esse cachorro é seu? Nunca o vi antes.

– É que ele fica preso durante o dia e só o solto à noite – disse Edu – O nome dele é Roy. Hoje mereceu todo o treinamento que recebeu.

Roberto já se adiantava, aflito:

– Que susto horrível, Mary Anne! Como veio parar aqui fora?

A garota apontou para o alçapão no chão da cavalariça.

– Era uma saída secreta, vê? Pulei antes de a escada ruir. Acho que desmaiei. Acordei com o cão latindo à minha frente. Desculpe se os assustei.

– Bingo! Como eu pensava – exultou Roberto. – Só não lembrei o óbvio, que burro. Se era uma saída secreta, ela devia dar exatamente aqui nas cavalariças, que correspondem às nossas garagens.

– Eu tive muita sorte – sorriu a garota.

– Sorte? – Só agora, vendo Mary Anne ali à sua frente, sã e salva, é que Renata recuperara o fôlego. – Escapou foi de boa. Você é corajosa, garota.

– Imprudente, isso sim – ralhou Ricardo, ajoelhando-se para examinar o pé de Mary Anne.

– Dói muito.

– Foi só uma torcedura – garantiu o médico, auxiliando a garota a se levantar. – Pode andar, apoie-se em mim.

– Deixa que eu levo de colinho. – Rodolfo adiantou-se, tomando a garota nos braços. Todos riram, enquanto ela tentava resistir.

Em casa, Mariana fez um café forte para levantar o ânimo da turma, ainda meio abalada com os últimos acontecimentos. Ricardo enfaixou o pé de Mary Anne, o que melhorou a dor.

– Que alívio! – suspirou Renata. – Nem quero pensar no que podia ter acontecido.

– Não aconteceu, não é, então para que pensar? – Frei

Miguel, como sempre, era um incurável otimista.

– Bem-vindo a bordo! – Mary Anne acariciou a cabeça do cão, deitado a seus pés. Indiscutivelmente, ele era o herói do dia.

No dia seguinte, reiniciaram a arrumação do castelo. Edu – que jurara segredo absoluto – participava como o mais novo membro do grupo, e o mais eufórico por sinal. Renata e Ricardo, que não podiam abandonar seus pacientes, só chegariam mais tarde.

Lidaram a tarde toda, só parando para comer um lanche rápido. Mariana deixara a cargo da faxineira certas tarefas caseiras que ela raramente abandonava. Tinha um ciúme louco da sua cozinha. Mas a curiosidade falou mais alto.

Foram dias e dias de trabalho até conseguirem transportar todas as peças para cima e acharem a posição correta dos quadros, seguindo a linha mais escura da parede onde eles tinham deixado marca.

O que os ajudou bastante fora uma descrição do castelo que Madalena descobrira, por pura sorte, num dos livros. Um cronista de época, visivelmente deslumbrado com o luxo do lugar, não poupara elogios e descrevera minuciosamente os aposentos.

Aos poucos, o salão foi criando nova vida, principalmente graças à limpeza que Mariana, com seu impulso ordeiro, dera no chão e nos móveis, auxiliada pelos garotos.

– Isto está uma beleza! – Laura cada vez mais tinha elementos para uma reportagem sensacional.

Quando o salão ficou pronto, partiram para a parte superior do castelo, onde colocaram alguns quadros e peças.

– *Good heavens!* – Mary Anne nunca trabalhara tanto na vida, mesmo com o pé enfaixado.

Finalmente o castelo ficou pronto.

Colocaram a armadura logo na entrada do salão. Deram-lhe uma polida e Edu, brincalhão, até tentou entrar dentro dela.

– Como é que usavam uma lata dessas? – gemeu o garoto, suando em bicas do esforço de vestir a armadura.

– Garanto que o cara que usava esse troço não sofria de claustrofobia – riu Rodolfo. – Larga isso, meu, senão você acaba entalado, daí vai ser barra-pesada.

Até os vidros do castelo haviam passado por uma discreta limpeza. Enquanto um trabalhava, outro vigiava. Felizmente a rua era tranquila, e as poucas pessoas que passavam nem prestavam atenção, acostumadas ao velho castelo abandonado.

– O pior de tudo é que a gente não tem a menor ideia de onde os diamantes estão escondidos – reclamou Laura.

– Se realmente a luz da lua for essencial, acho a adega pouco provável – replicou frei Miguel. – As aberturas laterais são mínimas. Tenho um pressentimento de que estão escondidos neste salão.

– Pois eu acho que estão na cozinha – disse Mariana. – Não foi lá que vocês acharam a entrada da torre?

– Taí, valeu! – concordou Roberto. – Mas os quartos também têm janelas enormes.

– Mas este salão forneceria ao conde centenas de esconderijos. Estou com o frei Miguel e não abro – replicou Rodolfo. – E que tal os dizeres: "No seu devido lugar..." Tá na cara que é um objeto que tinha um lugar certo na casa.

– Então não há nenhum esconderijo – completou Madalena, num raciocínio lógico. – O tesouro está aqui mesmo debaixo do nosso nariz. Aliás, o mais simples é sempre o mais complexo...

– Concordo. E perto de um olho de lince – concluiu o superior. – Isso exclui definitivamente a cozinha. Lá não há brasões.

– Tem certeza, frei? – perguntou Laura, admirada do poder de observação do frei.

Correram todos para a cozinha. Frei Miguel mais uma vez acertara.

– A adega também não tem nenhum brasão, lembro bem – disse Madalena.

Rodolfo suspirou:

– Em compensação, há brasões e linces pelo resto do castelo. Até no banheiro, pô.

– Ainda bem que a lua cheia vai durar vários dias – comentou Mary Anne. – A gente vai ter de se dividir em grupos pela casa toda pra ver o que acontece.

Madalena assentiu com a cabeça:

– Bem pensado. Quanto ao pio da coruja, só pode ser à noite, quando a lua provavelmente estará bem visível no céu. Mas com toda essa poluição, não sei não. Naquele tempo o pessoal devia enxergar o céu bem melhor do que nós.

– "O olho do lince indicará" – falou Laura. – Vocês por acaso já repararam na expressão dos olhos dos linces?

– Agora que você falou, também achei curioso – interveio Mary Anne. – As cabeças dos linces estão todas de perfil, como pinturas egípcias, e olhando para o lado esquerdo.

– Este aqui pelo menos está – gritou Roberto, que correra para a frente do quadro mais próximo.

– Aqui também, aqui também – um a um completaram a volta do salão, conferindo.

– Esteja onde estiver, está à esquerda – concluiu frei Miguel.

– A não ser... – Mary Anne teve um *insight*. – A não ser que um único olho de lince tenha sido modificado na pintura original.

Como se fossem impulsionados pela mesma mola, correram todos a vistoriar especificamente os olhos dos linces. Edu e Madalena subiram apressadamente as escadas, em direção ao pavimento superior do castelo.

– Todos canhotos – anunciaram, minutos depois.

Nesse instante, Laura deu um grito, atraindo a atenção de todos. O quadro sobre o carrilhão, colocado mais alto que os demais, representava o brasão da família Aragão em tamanho natural.

Nele, o olho do lince apontava para a frente.

13

São Jorge a postos

Abril passou, maio arrastou-se na primeira quinzena, mas finalmente chegou o dia 16, noite de lua cheia. Há dias, os garotos observavam o aumento sensível do satélite. A ansiedade era enorme, compartilhada pelos pais, frei Miguel e Mariana.

À tardezinha do dia D, reuniram-se todos na casa dos Giusti, incluindo a família de Laura. Passaram então a organizar os planos para a noite. Levariam, além das lanternas, ferramentas, enfim, tudo o que julgavam necessário. Roberto fez suspense. Numa sacola, guardou objetos que manteve em sigilo.

Para se distraírem, depois de um rápido lanche, passaram a jogar cartas. O nervosismo, porém, não permitia a concentração necessária no jogo. Finalmente ouviram o pio da coruja.

Saíram todos para a rua. A lua cheia estava a pino no céu, bola de futebol, branca e diáfana.

– Eh, São Jorge! – pediu Mariana. – Se você não está de folga, dá uma mãozinha pra gente.

Entraram silenciosamente, um a um, no castelo, para os vizinhos não perceberem nada. Lá dentro, graças à limpeza dos vidros, havia alguma claridade que permitia enxergar, dispensando de certa forma o uso das lanternas.

Instalaram-se no salão, aguardando os acontecimentos. Lá fora, vez por outra, repetia-se o pio da coruja.

– "No seu devido lugar"– rememorou Rodolfo. – Deve ser o quadro com o brasão da família.

– "O olho do lince indicará" – continuou Mary Anne. – Ele está olhando para a frente. Mas há muitas coisas em frente...

– Uma escrivaninha antiga, várias marquesas, um grande armário... – enumerou Renata.

Não pôde continuar. A lua cheia tomara nesse instante tal posição no céu, que um claro, penetrante raio de luar atravessava os vitrais da frente do castelo, iluminando o brasão colocado sobre o carrilhão.

– Incrível! – murmurou frei Miguel. – O raio de luar parece que incide diretamente sobre o olho do lince.

– Tem qualquer coisa com aquele olho – gritou Edu, correndo para o quadro, seguido por Roberto.

O garoto tinha razão. Um brilho nítido, metálico, saía do olho do lince em contato direto com a luz.

– Um espelho! – Roberto estava a mil. – O olho do lince foi substituído por um minúsculo espelho.

– Olhem para onde ele aponta! – murmurou Madalena, juntando as mãos.

A luz refletida no espelho apontava diretamente para a lareira.

– Minha nossa! – Rodolfo arrepiou-se. – Estava aí o tempo todo. Então essas pedrinhas mixurucas que enfeitam a lareira e que pareciam simples seixos...

Nesse instante Roberto adiantou-se e, com a ferramenta que levara na sacola, tentou tirar uma das pedras de volta da lareira.

– Devagar – advertiu frei Miguel. – Não podemos fazer as coisas desse jeito.

– Vou só pegar uma amostra – disse Roberto, empolgado.

As pedras estavam solidamente presas à lareira. Foi preciso um enorme esforço para destacá-las. Durante o trabalho, alguns tijolos caíram, num ruído surdo sobre o mármore.

Roberto também retirou da sacola várias lâminas de vidro de diferentes espessuras. Era um dos testes segundo as pesquisas que fizera. Os diamantes cortariam as lâminas de vidro facilmente.

Emocionado, o garoto tomou uma das pedras maiores e passou-a firmemente no vidro.

– Cuidado com a mão! – ainda avisou Renata.

A pedra, porém, só riscou o vidro de leve. A tentativa com outras pedras menores deu o mesmo resultado.

– Quem sabe há diamantes misturados às pedras? – consolou Edu. – Vamos tirar mais algumas amostras.

Assim fizeram, destacando outros tantos tijolos.

– Ai, meu pé! – reclamou Mary Anne, quando um dos tijolos caiu bem em cima de seu pé enfaixado.

Testaram uma dezena de pedras. Aparentemente nenhuma delas era diamante; apenas seixos comuns.

– Um blefe – resmungou Roberto, desconsolado. – Quem escreveu a charada era um grande gozador.

O desapontamento era geral. Alguns mantiveram-se em silêncio. Mary Anne segurava as lágrimas e Laura murchara. Afinal, seu futuro de jornalista dependia daquela reportagem.

– Vamos embora, gente! – Mariana foi a primeira a desistir. – Pensar que limpei tão bem esse castelo...

Foram saindo, cabisbaixos, para o ar fresco da noite, carregando as lanternas e ferramentas. Frei Miguel fechava o cortejo.

– *That looks very strange to me* – murmurou Mary Anne, reagindo. – Tiveram tanto trabalho de colocar o espelho no olho do lince, mandaram esperar o dia certo da lua cheia, pra nada? Apenas para encontrar aquelas pedras sem valor incrustadas em tijolos velhos e pesados?

– Que foi que você disse? – Roberto agarrou a garota pelos ombros e ela quase perdeu o equilíbrio.

– Que foi muito desperdício de tempo bolar uma charada que não leva a lugar nenhum.

– Não, o resto... sobre os tijolos.

– *What*? Ah, sim, os tijolos. Disse que eram pesados. Um deles caiu no meu pé. Só não chorei de raiva. Está doendo até agora...

Ninguém entendeu por que o garoto disparou de volta ao castelo, gritando que frei Miguel não trancasse a porta. Mas, por sim ou por não, todos foram atrás dele, inclusive Mary Anne, mancando.

– Abra, abra! – Roberto ainda alcançou o superior, que se preparava para fechar a porta da cozinha.

– Esqueceu alguma coisa, filho?

– Depressa, frei.

O garoto entrou de supetão no castelo, deixando o outro aturdido. Atrás seguiram os demais, sem saber pra quê, mas curiosos.

Quando chegaram ao salão, viram, espantados, o garoto malhando no chão um dos tijolos, com toda a força de que era capaz.

– Por quê? – perguntou Ricardo, espantado.

Mas o garoto já conseguira o seu objetivo. Num último golpe, os restos de barro se soltaram e ele levantou triunfante no ar, ante o olhar embasbacado dos companheiros, uma...

– Barra de ouro! – falou Laura, meio sufocada de emoção.

– *My God! The Counts treasure!* – berrou Mary Anne, desabafando finalmente as lágrimas que começaram a escorrer pelo seu rosto.

– Não chore – consolava Mariana, abraçando a garota, mas ela mesma chorando.

Frei Miguel estava corado de emoção:

– Acho que agora posso reconstituir toda a trama.

– Diga, frade – pediu Madalena, agitada.

– Seu tataravô, o marquês de Alfomares, trouxe pedras que ele e Fernão de Aragão supunham (foi essa a palavra que ele usou na carta) fossem diamantes. Como não havia suficientes recursos na época, tais confusões, como das turmalinas de Fernão Dias Paes com esmeraldas, eram muito comuns.

– Então não eram diamantes – replicou Renata. – O pobre marquês morreu em vão.

– De certa forma não. Porque enquanto ele morria, aqui em São Paulo, o conde provavelmente mandava analisar as pedras por um ourives, tendo então a certeza de que não se tratava de diamantes. Assim mesmo organizou a nova expedição de socorro ao filho, a qual levaria a notícia. Fernão, a essa altura, recuperado o suficiente, buscou alcançar novas riquezas, no caso, o ouro, também abundante naquelas regiões.

– Então Fernão de Aragão teria voltado a São Paulo, anos depois, trazendo o ouro descoberto – concluiu Mary Anne. – E, não tendo herdeiros, depois da morte do pai resolveu escondê-lo no castelo, deixando o tal enigma...

– Mas resta uma dúvida – falou Ricardo. – Foi realmente Fernão quem escondeu o ouro após a morte do pai, ou vice-versa? Afinal ambos eram condes de Aragão, e tinham o mesmo prenome, Fernão. Como podemos afirmar quem está na urna do convento, o filho ou o pai? Na urna, como sabemos, só há o nome e a data de falecimento. Não especifica se é o V ou VI conde.

– Creio que isso jamais saberemos – disse o superior. – Poder-se-ia tentar um exame de DNA, mas com o tempo decorrido... não sei se comportaria esse exame. E depois, não há descendentes para se fazer uma comparação do material genético. Os cabelos grisalhos do homem da torre também não elucidam nada, pois o filho do conde era precocemente envelhecido pela vida no sertão.

Mas Rodolfo estava interessado noutra coisa:

– Será que todos os outros tijolos da lareira estão recheados de ouro?

Ato contínuo, pegou outro tijolo e repetiu o ato do irmão. Logo mais, outra barra de ouro luzia em suas mãos. Os seguintes confirmaram a hipótese. Havia uma fortuna em ouro naquela lareira.

– Ai, que reportagem! – Laura gemeu de puro entusiasmo. Ela já antegozava o efeito do seu trabalho publicado num jornal de grande circulação. Esse era o seu verdadeiro tesouro.

– Creio que estamos todos felizes! – disse Madalena. – O marquês descansa em paz, o tesouro irá para alguma obra de assistência, Laura conseguiu emprego no jornal, nós todos conhecemos excelentes amigos e Mary Anne terá muito o que contar quando voltar para os Estados Unidos.

– Quem vai ficar furiosa é Raquel – caçoou Rodolfo. – Quando souber de tudo o que aconteceu por aqui na sua ausência.

– Temos de dar ciência de tudo ao Patrimônio Histórico, imediatamente – lembrou Raul. – Tentarei explicar a situação da melhor maneira, o que não é fácil, devido às circunstâncias.

– Esta reportagem inclusive só poderá sair quando o ouro estiver guardado num banco – continuou Ricardo, olhando firmemente para Laura, que assentiu com a cabeça.

– Quanto a isso fique tranquilo. O Carlos prometeu só publicar quando tudo estiver em ordem.

– Podemos contar também com o seu sigilo, Edu?

– Claro, doutor Ricardo.

O que fazer com todo aquele ouro espalhado no chão da sala? Mesmo que quisessem, àquela hora da noite, não havia como se comunicar com o departamento competente que cuidava dos tombamentos. Chamar a polícia também não seria conveniente. Sair e deixar tudo aquilo à mercê de algum ladrão, nem pensar!

Como modernos piratas, transportaram as barras de ouro para a adega, onde as esconderam da melhor forma possível. No dia seguinte, Raul tentaria uma entrevista com o Patrimônio Histórico.

A volta para casa foi triunfal.

– Obrigada, meu São Jorge – Mariana olhou para a lua. – O senhor estava mesmo de plantão, hein?

Epílogo

— Realmente tudo isso é fantástico! Até passível de desculpa pela invasão – falou doutor Otávio, diretor do Patrimônio Histórico, reunido com os demais na casa de Laura.

– Será que se pode fazer a última vontade do marquês? – perguntou Mary Anne, ansiosa.

– Depois da conversa que tive com o doutor Raul, acredito que seja possível uma saída legal para o problema. Principalmente levando em consideração que o ouro foi encontrado no castelo. Jamais poderíamos manter vigilância constante sobre ele.

– Então o governo permitiria que se aplicasse a fortuna em alguma obra de assistência? – quis saber Madalena.

– Vai demorar um pouco, a senhora compreende. Questão de burocracia, claro. O ouro já foi removido para o cofre de um banco. Mas acredito que se possa entrar num acordo sobre a aplicação dele. O doutor Raul falou sobre uma fundação, sem fins lucrativos, que trabalhasse em prol de garotos de rua, por exemplo.

– Seria dez! – vibrou Roberto. – Afinal ele custou tanto sacrifício.

– Uma parte será usada na remodelação do próprio castelo, que será transformado em museu-biblioteca, destinado à visitação pública, principalmente de colégios. Apesar da forma inédita, vocês realizaram um trabalho de grande proveito para a história nacional.

– Posso lhe garantir que os garotos tiveram a melhor das intenções – esclareceu Renata. – Os acontecimentos é que tomaram rumo inesperado. Todos nós fomos contagiados pelo espírito de aventura.

– Estou certo disso. Só espero que não tenham nenhuma outra obra tombada em vista.

– Por enquanto não. Mas prometemos que, da próxima vez, agiremos diferente – afirmou Rodolfo.

– Assim espero. Quanto ao corpo encontrado na torre, foi entregue ao IML. Recebi hoje a informação de que se trata de um homem, falecido com mais de sessenta anos. Infelizmente o tempo decorrido não permite maiores esclarecimentos.

– Perdura o mistério – frei Miguel ficou pensativo. – Seria possível transladá-lo para a capela do convento?

– Quanto a isso não há problema, frei – garantiu o diretor. – Ele provavelmente pertenceu à família Aragão. É justo que repouse ao lado dos seus.

– Então já posso publicar a reportagem? – perguntou Laura.

– Já. De qualquer forma, será colocada uma guarda especial na porta do castelo. Caso alguém suponha que ainda exista ouro por lá. Continuo achando tudo isso fantástico. A carta do marquês foi considerada autêntica por peritos. Creio que não há objeções a que ela faça parte do acervo do museu.

– Surpresa! – disse Madalena. – Tia Carolina ficou tão entusiasmada com as notícias que vai doar valiosos objetos e documentos da família também para esse acervo.

Dias após, foi publicada a reportagem, que causou enorme sensação na cidade. Felizmente o diretor fora previdente. Muita gente se postaria diante dos portões do castelo, pretendendo entrar.

Frei Miguel providenciara a urna onde foi colocada a ossada encontrada na torre. Levada para a capela, parecia pequena em relação às demais.

– Quem foi realmente esse homem? – perguntou Roberto aos companheiros. – Acho que a gente jamais saberá.

– Quem quer que ele tenha sido, agora descansa em paz – respondeu frei Miguel.

Teimosia por teimosia, quem ganharia a láurea seria Raul. Conseguiu uma ordem judicial para abrir a urna maior, onde estaria, provavelmente, o V conde de Aragão.

Trabalho em vão. A urna estava *vazia*.

Este livro foi composto em Avenir e Rotis Serif e
impresso em papel Offset 90g/m².